GEFANGEN VON DEN BERSERKERN

LEE SAVINO

Übersetzt von
MICHAEL KRUG

KOSTENLOSES BUCH

Hol dir ein kostenloses Exemplar von Gezeugt von den Berserkern und Eine Berserker-Geburt, indem du dich für meinen Newsletter anmeldest.

Der dritte Teil von Daegans, Brennas und Samuels Geschichte. Lies den ersten Teil in **Verkauft an die Berserker** *und den zweiten in* **Gepaart mit den Berserkern***. Diese Novelle ist kostenlos, ein Geschenk.*

https://BookHip.com/PKRMGC

GEFANGEN VON DEN BERSERKERN

Sie wird unsere Gefangene sein. Für immer.

VOR LANGER ZEIT *hat uns eine Hexe in Monster verwandelt. Unsere einzige Hoffnung besteht darin, auf die Frau zu warten, die den Fluch von uns nehmen kann.*

EIN JAHRHUNDERT *später finden wir sie. Weide. Unser Wunder. Sie wird in einem Kloster voller Waisenkinder versteckt, während böse Menschen planen, sie als Braut zu verkaufen.*

WIR WERDEN SIE HERAUSHOLEN. *Wir werden sie befreien. Sie wird unsere Gefangene sein, bis sie erkennt, dass sie zu uns gehört*

...

1

WEIDE

Das Kloster lag an der Biegung der gewunden verlaufenden Straße. Ich folgte dem Weg und beeilte mich, um die großen Eichenholztüren zu erreichen, bevor die Glocke zum Abendgebet läutete. Wenn mich der Ordensbruder zu einer Besorgung ins Dorf schickte, warnte er mich immer streng, vor Sonnenuntergang zurückzukehren. An diesem Abend beeilte ich mich nicht nur, um seiner Bestrafung zu entgehen, sondern auch, um dem fast vollen Mond zu entkommen. Ich musste gut versteckt sein, bevor er aufging und die Krankheit über mich brachte.

In Gedanken versunken erschrak ich, als ein Schatten über meinen Weg fiel.

»Guten Abend«, brummte eine tiefe Stimme unmittelbar hinter mir. Ich stieß einen schrillen Schrei aus und ließ meinen Korb fallen.

Zwei große Männer standen am Wegrand. Krieger, obwohl sie keine sichtbaren Waffen trugen. Beide riesig, mit breiten Schultern und muskelbepackten Armen. Trotzdem hatte ich irgendwie nicht bemerkt, dass sie dort standen, bis sie das Wort ergriffen hatten. Tatsächlich schienen sie immer noch mit dem gesprenkelt von der Sonne erhellten Wald zu verschmelzen, während sie über mir aufragten.

»Beruhig dich, Mädchen. Ich wollte dir keine Angst einjagen.« Einer der Männer, ein Rotschopf mit schulterlangem Haar, bückte sich und hob meinen Korb auf.

»Du musst dir keine Mühe geben, um Frauen zu erschrecken, Leif«, brummte der zweite Krieger. »Dafür reicht allein dein Gesicht.«

Der Rotschopf – Leif – ließ mich nicht aus den Augen.

»Entschuldige bitte, Mädchen.« Er sprach mit einem eigenartigen Akzent, aber leicht melodischer Aussprache, wie ich es aus dem Hochland kannte, dem gebirgigen Gebiet viele Wegstunden vom Kloster entfernt.

Mit zitternden Händen nahm ich den Korb entgegen und drückte ihn mir an die Brust. Die Blicke der Krieger wanderten über meine Gestalt auf und ab, bis sie schließlich auf meinen Brüsten verweilten. Aber sie hielten Abstand. Wenn sie sich in Bewegung setzten, würde ich meine Last wieder fallen lassen und zu den Türen des Klosters loslaufen. Ein Rennen, das ich zweifellos verlieren würde.

»Hast du dich auch nicht zu sehr erschrocken?« Leif legte den Kopf schief. Er hatte ein offenes, ehrliches Gesicht, eine Narbe am Kinn und einen Mund mit vollen, sinnlichen Lippen.

Als ich den Kopf schüttelte, ließ er ein großspuriges Lächeln aufblitzen. »Siehst du, Brokk? Sie ist ein tapferes kleines Ding. Ich wette, dein hässliches Gesicht hat ihr die Sprache verschlagen.« Er zwinkerte mir zu.

Hitze schoss mir in die Wangen.

»Bring sie nicht in Verlegenheit«, murmelte Brokk. Sein

Mund bildete mit einer strengen Linie einen Kontrast zum kessen Grinsen seines Gefährten.

»Und mir die hübsche Röte in ihren Wangen entgehen lassen? Sieht aus wie eine blühende Rose.« Als Leif erneut grinste, erhaschte ich einen flüchtigen Blick auf Fänge. Seine Eckzähne standen über die untere Zahnreihe vor. »Du bist bezaubernd, Mädchen.«

Meine Lippen teilten sich. Mein Herz flatterte wie ein Vogel, der sich in einem Dornenbusch verheddert.

Der zweite Krieger räusperte sich. Er sah zwar nicht so gut aus wie der andere, aber seine klobigeren, strenger wirkenden Züge besaßen ihren eigenen fesselnden Reiz. »Leif denkt, er könnte gut mit Frauen umgehen. Ich werde nicht zulassen, dass er dich lange aufhält«, versicherte mir Brokk. Beim Wort »aufhält« wich ich unwillkürlich einen Schritt zurück.

Mit einem leisen, beruhigenden Geräusch kesselten mich die Krieger ein. Ich legte den Kopf in den Nacken und schaute zu einem strengen sowie einem lächelnden Gesicht auf.

Unwillkürlich umklammerte ich meinen Korb fester. Obwohl mir die Krieger den Fluchtweg versperrten, empfand ich aus irgendeinem Grund keine Angst. Mein Körper wurde wärmer, reagierte auf die von ihnen abgestrahlte Hitze.

»Kann ich euch irgendwie helfen, meine Herren?«, presste ich mit belegter Stimme hervor. Mein trockener Mund hatte Mühe, die Worte herauszubekommen. Wenn ich höflich bliebe, würden sie mich vielleicht gehen lassen.

»Lebst du da drüben?« Brokk nickte in Richtung des Klosters. Seine Stimme klang rau, aber freundlich.

»Ja, Herr.«

»Wie heißt du?«, fragte Leif.

»Weide«, flüsterte ich.

»Weide.« Leif ließ sich meinen Namen auf der Zunge zergehen, und ich spürte ein Kribbeln zwischen den Beinen. Meine Brustwarzen pulsierten.

»Weide«, versuchte es auch Brokk, und sein Gesichtsausdruck wurde etwas sanfter.

Das sehnsüchtige Ziehen in meinen Brüsten verstärkte sich. Nässe sickerte von meinen unteren Lippen.

Leif hob den Kopf und sog tief die Luft ein. Beide Krieger durchbohrten mich mit einem Blick, wie ihn vermutlich ein Raubtier auf seine Beute richtet. Ich schwankte zwischen ihnen, fühlte mich vom Starren ihrer gelblichen Augen gefangen.

Mein Verlangen erwachte flammend zum Leben. Gleich darauf folgte Angst.

»Ich sollte nicht hier sein«, platzte ich heraus. »Ich sollte nicht mit euch reden.« Der Ordensbruder hatte mich und die anderen Waisen, die ich wie Schwestern betrachtete, davor gewarnt, mit fremden Männern zu reden. Wenn er eine von uns dabei erwischte, dass wir uns im Dorf mit einem Burschen unterhielten, mussten wir alle die Strafe dafür über uns ergehen lassen.

Bald würde es Nacht sein, samt dem gefürchteten Vollmond.

»Ich muss gehen«, flüsterte ich. »Bitte.«

Zuerst dachte ich, sie würden mich nicht ziehen lassen. Dann jedoch trat Leif beiseite und gab den Weg zum Kloster frei.

»Pass auf dich auf, Weide«, sagte Brokk mit seiner sanft grollenden Stimme.

»Wir werden über dich wachen«, fügte Leif hinzu. »Damit du wohlbehalten die Tür erreichst. Immerhin treiben sich gefährliche Männer herum.«

Das Herz rutschte mir zu den Füßen hinunter. Er zwinkerte mir erneut zu.

Einen Moment lang schien in seinen Augen ein goldenes Licht zu pulsieren. Als es verblasste, blieb ein gewöhnlicher Mann zurück. Gewöhnlich, abgesehen von dem gutaussehenden Gesicht, dem bärenstarken Hals und den drahtigen Muskeln, die sein Lederwams dehnten.

Nach einem verhaltenen Nicken hastete ich den restlichen Weg nach Hause.

DRINNEN STÜTZTE MICH DIE MAUER, als ich mir die Hand auf die Brust drückte und versuchte, meinen rasenden Herzschlag zu verlangsamen. Ich hatte noch nie so auf einen Mann angesprochen, nicht einmal auf Josef, den Lehrling des Dorfschmieds, der mich immer anlächelte. Ich streckte die Hände aus und beobachtete, wie sie zitterten. Etwas an diesen Kriegern und daran, wie sie die Blicke nicht von mir abwenden konnten ... Mein gesamter Körper kribbelte, mein Blut toste. Es fühlte sich an, als hätte ich mein Leben lang darauf gewartet, diesen Männern zu begegnen.

Was geschah nur mit mir? Ich hätte die Krieger fragen sollen, woher sie kamen und was sie wollten. Ich hätte irgendetwas anders tun sollen, als nur wie eine Närrin mit hochrotem Kopf und rasendem Herzen dazustehen.

Licht fiel durch das bunte Fenster über mir ein und tünchte meine Hände in Rot. Was war ich doch töricht. Meine Begegnung hatte gar nichts zu bedeuten. Krieger auf der Durchreise hatten sich flüchtig damit vergnügt, einem dürren Mädchen Angst einzujagen. Sobald sie herzhaft über die Begegnung gelacht hätten, würden sie mich vergessen.

Und ich? Nun, ich würde wohl an sie denken, und mein verruchter, sündiger Leib würde tagelang vor Verlangen lodern.

In der kühlen Dunkelheit schlich ich über den Steinboden und durch den Andachtsraum. Unter dem kalten Starren der Heiligen aus Marmor neigte ich das Haupt. Ich hatte den Andachtsraum schon mehr als oft genug besucht, um mir ihre Gesichter einzuprägen. Vollkommen und hoch über mir blickten sie auf mich herab. Eine anständige junge Frau würde auf den Knien Buße dafür tun, auch nur mit zwei so prächtigen Mannsbildern gesprochen zu haben. Und was die Gedanken anging, die mich gefangen zwischen ihren strammen Körpern beschlichen hatten ... dafür würde ich nie genug Buße tun können.

Einer Eingebung folgend stellte ich meinen Korb ab und näherte mich dem Ebenbild der heiligen Mutter Maria. Die Statue stand mit gleichmütiger reiner Miene am vorderen Altar. Als ich jünger war, hatte ich so getan, als wäre sie meine echte Mutter. Ich hatte vor ihr um Antworten gebetet, um Erlösung von der Krankheit, unter der ich litt, seit ich zur Frau geworden war. Die Kirche lehrte, dass Leiden die Seele reinigte. Doch selbst meine Gebete waren sündhaft, das verzweifelte Flehen einer schwachen Frau.

Warum bin ich so? Wie lange muss ich noch leiden? Ich fand nie Antworten in dem wunderschönen, gemeißelten Antlitz.

»Weide«, sagte eine leise Stimme. Eine junge Frau löste sich aus den Schatten. Salbei, meine engste Freundin unter all den anderen Waisen. Sie und ich waren ungefähr zur selben Zeit ins Kloster gebracht worden. Wir waren ähnlich groß und ähnlich schlank. Trotz meines dunklen Haars und ihrer hellen Locken hätten wir Schwestern sein können.

»Hast du die Besorgung erledigt?«

»Ja.« Ich sprach leise, damit meine Stimme nicht in dem

höhlenartigen Raum widerhallte. Einmal hatte ich die Nonnen gefragt, warum die Statuen der Heiligen in einem so schönen, weitläufigen Bereich weilten, während wir uns die Betten im Schlafsaal teilen mussten. Es bedurfte mehrerer Züchtigungen, bevor ich begriff, dass die Kirche solche Annehmlichkeiten nur den Reichen und den Toten zugestand.

»Kommst du zur Vesper?«, fragte Salbei.

»Nein, ich kann nicht. Wir haben fast Vollmond.«

Salbei nickte. Sie litt an der gleichen Krankheit wie ich, allerdings weniger häufig, während sie bei mir jeden Monat schlimmer wurde.

»Hier.« Sie reichte mir ein um ein paar Haferkekse gewickeltes Taschentuch. Die Nonnen gestatteten uns kein Essen, wenn wir nicht zum Gebet erschienen. Aber ich musste mich verstecken, um still zu leiden, wenn der Mond aufging.

»Ich muss noch zum Ordensbruder.« Ich deutete auf den Korb, den ich für ihn geholt hatte.

Salbei hob ihn auf. »Das mache ich.«

»Er ist unheimlich übellaunig, seit Hasel verschwunden ist.«

»Ich komm schon zurecht.« Salbei reckte das Kinn vor.

Wortlos hob ich ihren Ärmel an und betrachtete die blauen Flecke darunter. Die Male hatte der grobe Griff eines Mannes auf ihrem blassen, dünnen Arm hinterlassen. An den Beinen würde sie weitere haben, aber mein Mitleid würde sie noch mehr hassen als die unsittlichen Berührungen des Ordensbruders.

Ich ließ ihren Ärmel los. »Der Ladenbesitzer hat uns einen anständigen Preis für die Kräuter bezahlt. Er will mehr von der Tinktur, die du gegen Rückenschmerzen angerührt hast.«

Mit einem verkniffenen Lächeln im lieblichen Gesicht nickte Salbei und huschte davon.

Wieder betete ich. Diesmal hoffte ich, der Ordensbruder würde zufrieden mit den Einnahmen sein, die sie ihm brachte. Die Wolle und die Webarbeiten der Waisen und die von uns geernteten Gartenerträge deckten unsere Verköstigung und Unterkunft. Der Ordensbruder fand trotzdem stets einen Grund, um darüber zu klagen, wie viel wir ihn kosteten. Nur Salbei war in der Lage, ihn zu beruhigen. Er bevorzugte blonde blutjunge Frauen. Mochte sich Gott der jüngeren Mädchen erbarmen, sollte er Salbei je überdrüssig werden.

Sofort schnaubte ich spöttisch über meinen gedanklichen Scherz. Ich lebte schon lang genug im Kloster, um zu wissen, dass Gott den Waisen nicht half.

Die Sonne versank rot am Horizont, als ich durch die Gärten eilte, begleitet vom süßen Gesang der Nonnen. Noch vor wenigen Jahren hätte ich die Augen geschlossen und mir vorgestellt, meine Mutter sänge mir vor. Ein schöner Wunschtraum, denn sie hatte mich fast unmittelbar nach meiner Geburt aufgegeben.

Ich huschte hinter einen Holderbusch und machte mir am Schloss eines alten Schuppens zu schaffen. Drinnen hatten Salbei und ich eine Kette und Schellen um einen großen Stein gewickelt, versteckt hinter Fässern zum Färben von Stoff. In wenigen Minuten würde ich mich dort festbinden und darauf warten, dass mich das Fieber der Vernunft beraubte.

Die Hütte lag ein Stück im Wald in der Nähe eines gurgelnden Bachs. Die Geräusche des Walds genügten, um das Stöhnen und die Schreie zu überdecken, die sich meiner Kehle entrangen, wenn das Fieber seinen Höhepunkt erreichte. So spät würde sich niemand mehr draußen

in den Gärten herumtreiben. Trotzdem würde sich Salbei
für alle Fälle bemühen, alle fernzuhalten.

Zu beunruhigt zum Essen legte ich die Haferkekse
beiseite. Ich sollte mich hinknien und beten. Stattdessen lief
ich auf und ab. Für die nächsten Stunden würde ich mich so
fesseln, dass ich mich nicht zwischen den Beinen anfassen
könnte. Allerdings würde das Verlangen schier unerträglich
werden. Träume von Händen auf meinem Körper, die meine
Haut streichelten, würden meinen Geist foltern. Am
Morgen würde Salbei kommen und mich aus meinem fieb-
rigen Schlaf befreien.

Mein Körper köchelte bereits. Die Erregung stellte eine
Folge des Gesprächs vorhin mit den Kriegern dar. Beim
Gedanken an sie durchzuckte mich Lust, eine pulsierende
Hitze, auf die ein Rinnsal von Nässe zwischen meinen
Beinen folgte. Der erste Funke würde eine Glut entfachen
und das Feuer entzünden, das zu einem lodernden Inferno
ausarten würde.

Eines Tages würde ich den Mut aufbringen, einen Mann
anzusprechen und so mit ihm zu schäkern, wie es Leif mit
mir getan hatte. Wir würden uns in den Wald davonstehlen
und uns aneinanderpressen. Seine großen Hände würden
besitzergreifend meine Haut erkunden. Danach würden wir
zusammen auf dem Waldboden liegen, so nah beisammen
wie die Blütenblätter einer Rosenknospe.

Seufzend hob ich die Schellen auf. Das kalte Eisen
verursachte ein Kribbeln in meinen Händen.

Ein Klirren von Metall auf Metall ließ mich erstarren.
Das Geräusch stammte nicht von den Fesseln, die ich hielt,
sondern von draußen. Jemand hatte mein Versteck
gefunden.

Mit angehaltenem Atem wartete ich, doch es kam
niemand in die Hütte gestürmt. Der Mönch war mürrischer

und misstrauischer geworden, seit eine andere Waise – Hasel – spurlos verschwunden war. Bei ihr hatte sich die Brunst gerade erst gezeigt, und sie hatte den Mut gehabt, ihm zu trotzen. Wir vermuteten, dass er sie an einen Ehemann verkauft hatte. Mit Sicherheit jedoch wussten wir es nicht. Der Ordensbruder hatte Salbei geschlagen, als sie es gewagt hatte, ihn danach zu fragen.

Schummriges Licht kämpfte sich durch die Ritzen der Hütte. Die Dämmerung nahte. Würde ich jetzt erwischt, könnte ich noch behaupten, ich hätte nach dem Färbefass gesucht. Nachdem ich die Schellen zurückgelegt hatte, öffnete ich behutsam die Tür, trat hinaus in die Düsternis des Abends ... und erstarrte.

Mehrere Ränge riesiger Krieger näherten sich dem Kloster. Lautlos bewegten sie sich über das Gelände. Alle trugen Waffen, Äxte oder Dolche an den Gürteln. Im schwindenden Licht konnte ich sehen, dass sie die Hände frei hatten.

Ich sammelte mich für einen Schrei. Plötzlich legte sich eine raue Handfläche auf meinen Mund. Ein gedämpftes Kreischen entfuhr mir.

»Hallo, Weide«, hauchte eine kratzige Stimme in mein Ohr.

Ungläubig hielt ich still. Die Stimme und die starken, um misch geschlungenen Arme gehörten zu dem rothaarigen Krieger. Sein schwarzhaariger Freund stand stirnrunzelnd an seiner Seite.

»Schaff sie hier weg.« Brokk betonte die Worte mit einer ruckartigen Geste des Kopfs.

Leifs große Hand dämpfte weiter meine Proteste, und so sehr ich austrat und mich wehrte, es zeigte keine Wirkung. Der Krieger hielt mich umklammert, hob mich vom Boden und trug mich tiefer in den Wald.

»Jetzt bleib ruhig, Mädchen.« Rote Locken kitzelten meine Wange, als er mir ins Ohr flüsterte. »Du bist in Sicherheit. Auf das Kloster kommt Gefahr zu, aber wir holen deine Freundinnen heraus.«

Gefahr?

Warum sollten kampferprobte Krieger ein Kloster voller unschuldiger Frauen und Mädchen angreifen? Hatte der Ordensbruder jemanden betrogen und den Zorn eines Lords auf sich gezogen?

Ungeachtet meiner Gegenwehr trug mich der Krieger in den Wald, bis mir die Bäume die Sicht auf das Kloster versperrten, dessen Turm im letzten Licht des Tags schimmerte. Dann erschlaffte ich an meinem Entführer in der Hoffnung, er würde unachtsam werden. Vielleicht könnte ich doch noch entkommen, um Salbei zu warnen. Mittlerweile würde sie im Schlafsaal den Kleinen vorlesen oder dem Ordensbruder einen Krug Bier kredenzen, damit er vielleicht zu betrunken würde, um sie zu belästigen. Gegen Mitternacht würde sie sich hinausschleichen, um nach mir zu sehen. Nur würde sie mich nicht finden.

Natürlich würde bis dahin auch sie entführt sein.

Meine Kehle fühlte sich wie zugeschnürt an, als ich leise an Leifs Hand schluchzte.

»Schhh, Mädchen, ist schon gut.« Er stellte mich ab, drückte mich aber weiter an seine breite Brust. »Du schwebst in Gefahr. Du und die anderen *Holzmouwas*. Wir sind gekommen, um euch zu retten.«

Ich schloss die Augen und ließ die Beine einknicken, als wäre ich ohnmächtig geworden. Leif stützte mich. Als er den Griff um mich verlagern wollte, riss ich mich aus seinen Armen los.

Bereits nach wenigen Schritten fing er mich wieder ein. Da drehte ich durch und fuchtelte wie besessen, um mich erneut zu befreien. Nicht meinetwegen. Mich hatten sie erwischt. Aber wenn ich es nah genug zum Kloster schaffte und laut genug schreien könnte, um Salbei und die anderen zu warnen ...

»Oh nein, das tust du nicht«, brummte Leif und hob mich wieder hoch. Seine große Hand schloss sich um meinen Hals. Warnend drückte er leicht zu. Und wenngleich er mir nicht die Luftzufuhr abschnitt, brachte mich sein Griff zum Schweigen. Brokk befand sich in der Nähe.

»Lass sie runter. Schnell. Fessle sie. Wir können nicht das Wagnis eingehen, dass sie etwaige Wachleute in der Nähe warnt.«

»Bleib ruhig.« Leif schüttelte mich. »Solange du gehorchst, bist du nicht in Gefahr.« Er drückte mich mit dem Bauch nach unten auf den Waldboden und hielt meine Handgelenke an meinem Kreuz fest. Bevor ich schreien konnte, stopfte mir Brokk etwas in den Mund.

»Das läuft nicht so, wie ich wollte«, brummelte Leif.

Ich keuchte und weinte, als sie mich zu Ende fesselten. Dann setzte sich Leif mit mir in den Armen zurück auf die Fersen.

»So. Sicher verschnürt.«

Zornig funkelte ich ihn an und versuchte, das bitter schmeckende Leder aus meinem Mund zu bekommen. Ein Knurren entrang sich meiner Kehle. Gespielte Tapferkeit – der Rest von mir zitterte.

»Willst du gegen mich kämpfen, Weide?« Überraschend zärtlich strich mir der Krieger das Haar aus dem Gesicht. Ich wand mich hin und her, schüttelte seine Berührung ab.

»Hör auf«, befahl Brokk und ging in der Nähe in die Hocke. Sein Befehl ließ mich erstarren. »Wir lassen nicht zu, dass du dich selbst verletzt.« Die Schärfe seines Tons und seines Blicks warnten mich eindringlich und forderten mich auf, mich zu benehmen.

»Wir sind nicht hier, um euch etwas zu tun«, wiederholte Leif.

Blinzelnd sah ich die beiden an. Gefesselt, geknebelt und zitternd saß ich da. Eine junge Maid im Wald, die Gefangene zweier Krieger. Die Gliedmaßen gefühllos, der Leib von einer Gänsehaut überzogen. Mein leichtes Sommerkleid bot keinen Schutz vor der für den Spätsommer sonderbaren Kälte in der Luft.

»Bestimmt willst du wissen, warum wir hier sind«, mutmaßte Leif. »Fürchte dich nicht. Es kommt noch alles ans Licht.«

Ein Schrei zerriss die Stille in der Luft. Er kam aus dem Kloster.

»Verdammt, verdammt.« Leif zerrte mich hoch.

»Geh zum Treffpunkt. Ich komme nach«, sagte Brokk zu ihm, bevor er in Richtung der anderen Krieger losrannte.

Ich stemmte die Fersen in den Boden, aber Leif hievte mich kurzerhand über seine Schulter. Seine große Hand klatschte mir auf den Hintern, als ich mich erneut zur Wehr setzte.

»Genug jetzt damit«, rügte er mich.

Ich erschlaffte wieder. Diesmal verließ mich der Kampfgeist wirklich. So sehr ich versuchte, den Kopf zu heben, ich konnte nur sehen, wie Brokk und seine furchterregenden Kameraden vorrückten, um mein Zuhause anzugreifen.

LEIF TRUG MICH MÜHELOS, während er schweigend durch den Wald trottete. Als wir ein Feld erreichten, beschleunigte er die Schritte. Wir reisten weiter, als ich mich je vom

Kloster weg gewagt hatte. Salbei und ich hatten oft darüber gesprochen, wegzulaufen. Allerdings hatten wir es nie viel weiter als bis zu der Hütte geschafft, die wir zu unserem Versteck auserkoren hatten.

Das letzte Tageslicht schimmerte zwischen den Bäumen hindurch, als mich der Krieger wieder auf den Boden stellte. Ich beobachtete ihn durch den Vorhang meiner Haare.

»Wasser?« Er bot mir einen kleinen, an seinem Gürtel befestigten Trinkschlauch an.

Ich schüttelte den Kopf.

»Auch gut, bleibt mehr für mich.« Er leerte den Schlauch. In seinem wunderschönen Hals arbeitete es, während er schluckte.

Als er dazu ansetzte, mich zu berühren, warf ich mich so heftig zurück, dass ich Furchen auf dem Boden hinterließ.

»Schhh-schhh«, beruhigte er mich. »Ich nehme dir jetzt den Knebel ab.« Er hob die Hände, als wollte er ein wildes Tier bändigen. »Gibst du mir dein Wort, dass du nicht schreist?«

Ich starrte ihn an. Seine Äußerung streifte mein überlastetes Gehirn nur. Ich war in Gefangenschaft, gefesselt, mehrere Meilen von meinem Zuhause entfernt und der Gnade dieses Kriegers ausgeliefert.

Leif kniete sich vor mich hin.

»Du darfst nicht schreien«, warnte er mich. »Tust du es doch, hat das Folgen. Mir würden sie vielleicht gefallen, aber ich kann dir versichern, dir nicht. Außerdem«, fügte er in milderem Ton hinzu, »ist hier weit und breit niemand, der dich hören könnte, wenn du schreist. Und niemand wird dich mir wegnehmen.« Einen Moment lang verdunkelte sich sein Blick. Am liebsten hätte ich mich eng zusammengekrümmt.

Stattdessen ließ ich mir von ihm den Knebel abnehmen

und spuckte ihm prompt ins Gesicht. Überrascht blinzelnd wich er zurück.

»Du Feigling«, schleuderte ich ihm hin. »Gefällt es dir, unschuldige Mädchen zu entführen?«

Er wischte sich den Speichel von der Wange.

»Oh, *aye*«, erwiderte er grinsend. Er wirkte nicht aufgebracht über meinen Zorn, sondern eher belustigt.

»Lass mich los«, presste ich hervor, während ich gegen meine Fesseln ankämpfte. Ich musste etwas unternehmen. Der Krieger ragte hoch über mir auf, gefühlt dreimal so groß wie ich, und alles Muskelmasse. Zwar hatte er versprochen, mir nicht wehzutun, aber ich müsste schon sehr dumm sein, um ihm zu vertrauen ... oder?

»Ich befreie dich«, fuhr er fort, »wenn ich mir sicher sein kann, dass du nicht wegrennst.«

Einen Moment lang drehte ich den Kopf weg. Ich fürchtete mich nicht, jedenfalls nicht vor ihm. Durch seine Nähe röteten sich meine Wangen, und mein Körper wurde heiß. Meine Brüste fühlten sich unter dem dünnen Stoff meines Gewands schwer und prall an, und ich wünschte, ich könnte sie in der Nachtluft entblößen.

Als ich dem Blick des Kriegers begegnete, durchlief mich ein Ruck. Ich schloss die Augen, allerdings zu spät, um die Begierde darin zu verbergen.

Als er mir diesmal die Haare aus dem Gesicht wischte, wehrte ich mich nicht.

»Was willst du von mir?« Sogar für meine eigenen Ohren klang meine Stimme tief und heiser.

Der Blick seiner goldenen Augen verschlang mich förmlich. Sein Daumen rieb über meine Unterlippe. »Alles«, murmelte er. »Ich will alles, was du zu bieten hast, und mehr.«

2

LEIF

M eine kleine Gefangene schaute finster und mit zerfurchter Stirn zu mir hoch. Selbst ihre verkniffene Miene tat ihrer Schönheit keinen Abbruch. Dunkles Haar umrahmte ihr liebliches Gesicht. Ihre Glieder und ihr kurvenreicher Körper waren glatt und gefällig anzusehen. Was mich jedoch am meisten erregte, war ihr Temperament.

»Alles, was du zu bieten hast«, sagte ich zu ihr. Natürlich konnte sie nicht wissen, was ich meinte. Aber ich konnte nicht verhindern, dass mir die Wahrheit herausrutschte. Ihr Weg in die vollständige Unterwerfung hatte in dem Augenblick begonnen, in dem wir sie in Besitz genommen hatten. Je eher sie das verstand, desto einfacher würde es werden.

Unser Freund Knut hatte Brokk und mir geschildert, wie es sein würde, wenn wir uns eine Gefährtin nahmen.

»Ihr müsst sie umwerben«, hatte uns der barsche Krieger aufgeklärt. »Sagt zarte, süße Dinge. Seid sanft.«

Aber durch die Aufregung der Rettungsmission hatte sich die Bestie nach vorn gedrängt, unsere niedere Natur, die darum kämpfte, sich zu behaupten und Anspruch auf die Frau zu erheben. Ich musste schwer an mich halten, um sie nicht zu Boden zu werfen und mich in ihr zu versenken. Die Bestie wollte unsere Frau kennzeichnen, sie an uns binden, bevor wir sie nach Hause zum Rudel bringen würden. Wenn sie bis dahin keine Bindung mit uns einge-gangen wäre, würden uns die Alphas vielleicht nicht erlau-ben, sie zu behalten ...

Ruhig, Bruder. Brokk stellte die Verbindung mit meinem Geist her. *Du musst dir die Herrschaft über dich bewahren.*

Ich verkniff mir eine scharfe Erwiderung. Brokk hatte recht. Seine unerbittliche Herrschaft über die Bestie hatte mir all die Jahre geholfen, nicht den Verstand zu verlieren.

Bist du sicher, dass sie die Richtige für uns ist?, fragte er. Die unterschwellige Hoffnung, die seinen Ton färbte, hielt mich davon ab, meine Antwort zu knurren.

Vor meinem geistigen Auge erschien, was er vor sich sah. Brokk befand sich in der Nähe des Schuppens, wo wir unsere kostbare Gefangene gefunden hatten. Er beobach-tete, wie die anderen Berserker die von ihnen auserwählten Frauen davontrugen. Einige kamen still und in die Arme ihrer Entführer geschmiegt mit. Andere weinten, als sie von den Berserkern verschleppt wurden. Nur wenige kämpften, doch ihre Gegenwehr wurde von den mächtigen Kriegern schnell überwunden.

Da sind viele Frauen zur Auswahl, merkte Brokk an.

Du weißt so gut wie ich, dass ihr Geruch uns gerufen hat. Und ihre Beherztheit, die sich unter der falschen Sanftmut verbirgt. Diese junge Frau ist stark.

Finde mehr über sie heraus. Bevor ich etwas erwidern konnte, brach Brokk unsere Verbindung ab. Ich ließ mich von seiner Unhöflichkeit nicht aus der Ruhe bringen. Mein Kriegerbruder und ich hatten im Verlauf der Jahre so manche Meinungsverschiedenheit ausgefochten, und meist hatte ich gewonnen. Schon bald würde er meine Zuversicht teilen, dass Weide zu uns gehörte. Der allzeit vorsichtige Krieger wollte bloß sicher sein, dass wir die richtige Gefährtin gefunden hatten.

Gefährtinnen hat man für den Rest seines Lebens, erinnerte er mich. *Wir müssen uns sicher sein, dass wir die Richtige erwählen.*

Und wir wollen eine starke Frau. Eine, die uns Söhne gebären kann, meinte ich zu ihm. *Söhne und ein paar rothaarige Töchter, die für graue Haare bei mir sorgen werden.*

Sein widerwilliges Kichern drang über die Verbindung zwischen uns und freute mich.

Die Frau saß nach wie vor auf dem Waldboden und beobachtete mich mit schiefgelegtem Kopf.

Als ich mein Messer zog, erbleichte sie.

»Ruhig, Mädchen.« Ich verfiel in den Highlander-Akzent. Brokk und ich stammten wie die meisten Berserker aus den nördlichen Landen. Aber nachdem wir uns auf der Insel niedergelassen hatten, war mir schon bald klar geworden, dass ich das Sprachmuster der Menschen aus den Hügeln bevorzugte.

Kaum hatte ich die Lederriemen durchgeschnitten, mit denen wir Weide gefesselt hatten, entspannte sie sich. Ich ergriff ihre Arme und rieb ihre Handgelenke. Der Anblick der roten Male ließ mich missbilligend mit der Zunge schnalzen.

»Hättest du dich nicht gewehrt, hätten wir dich nicht fesseln müssen.« Ich drehte ihre Hand und hauchte ihr einen schnellen Kuss auf die Schlagader. »Andererseits: Hättest du dich nicht gewehrt, hätte ich mehr Mühe gehabt, Brokk zu überreden, dich auszuwählen.«

»Mich auszuwählen?«

»*Aye*«, bestätigte ich. »Als unsere Gefährtin.«

Sie schrak zurück und erbleichte unter den Sommersprossen. Ihr entsetzter Gesichtsausdruck gefiel mir nicht.

»Fürchte dich nicht«, beruhigte ich sie, obwohl die
Bestie in mir um die Vorherrschaft rang und sich
vordrängte, um die verängstigte Frau zu beschützen. »Brokk
und ich werden für dich sorgen. Er fragt sich gerade, wie ich
mir so sicher sein kann, dass wir eine Bindung eingehen
können ... Aber ich weiß, du besitzt die nötige Stärke, um
unsere Braut zu werden.«

Ich hielt ihr den Wasserschlauch hin, ein Friedensange-
bot. Als sie ihn ergriff, berührten sich unsere Finger. Ihr
Duft erfüllte die Luft.

»Brokk wird mich dafür aufziehen, dass ich schon so
früh das Lager aufschlage. Aber ich will, dass du ein wenig
Essen in den Magen bekommst und uns besser kennen-
lernst, bevor wir die Reise fortsetzen. Irgendetwas in dir ruft
nach uns. Du spürst es auch, nicht wahr?«

Sie presste die Lippen zusammen.

»Stur. Aber du musst nichts sagen. Ich kann die Wahrheit riechen.«

Weide senkte den Kopf und versuchte zu verbergen,
dass sie errötete.

Sie ist beinah brünstig, teilte ich Brokk mit. *Ich überlege
gerade, ob sie es weiß.*

Frag sie.

Als ich den Mund dafür öffnete, klatschte mir der
Wasserschlauch ins Gesicht. Als ich mich aufgerappelt
hatte, war meine kleine Gefangene bereits auf den Beinen
und preschte in den dichten Wald davon.

3

WEIDE

Mein Herzschlag pulsierte durch meine Ohren, während ich durch den Wald pflügte. Hinter mir knurrte der rothaarige Krieger, während ich barfuß durch das dichte Unterholz rannte. Der Ordensbruder gab ungern Geld für die Waisen aus, deshalb hatten sich durch die zahlreichen Sommer ohne Schuhe reichlich Schwielen an meinen Füßen gebildet. Ich hatte mich danach gesehnt, durch diese Wälder zu laufen. Ein paar Monate vor Hasels Verschwinden hatten sie, Salbei und ich begonnen, Wettrennen gegeneinander auszutragen, um für den Tag unserer Flucht zu üben.

»Schlechte Idee, Mädchen«, brummte mir der Krieger ins Genick. Ich kreischte und wich einem Baum aus, tauchte unter Gestrüpp hindurch. Ich hörte, wie Leif fluchte und wie Stoff zerriss. Es erschien mir ausgesprochen ratsam, ihm zu entkommen, denn nun würde die mir angedrohte Bestrafung wohl noch schlimmer ausfallen.

Im Zickzack bahnte ich mir den Weg durch den Wald, bis ich auf eine Wagenstraße gelangte. Meine Füße liefen den Weg entlang. Als ich zu einer Kreuzung kam, bremste ich jäh ab. Ein Weg würde mich zurück zum Kloster führen. Ich konnte zurückkehren und meine Freundinnen warnen, bevor ich wieder gefangen würde. Oder ich konnte weiterlaufen und herausfinden, wie lange ich in Freiheit bleiben könnte.

Ich zögerte.

»Jetzt hab ich dich.« Der Krieger stürzte sich auf mich. Wir rangen miteinander. Er riss mich erst zu Boden, dann hievte er mich wieder über seine Schulter.

Panisch biss ich ihn, bis ich Blut schmeckte.

»Hör auf.« Er versetzte meinem Hintern einen Schlag, der durch meinen gesamten Körper vibrierte. Ich schrie auf. Die Stelle zwischen meinen Beinen pulsierte.

»Genau«, sagte er und drückte mit festem Griff meine Pobacke. »Ich hab noch mehr Schläge für dich auf Lager, wenn du dich nicht benimmst. Du hast dein Wort gebrochen.«

Wieder wehrte ich mich, und er legte mich hart genug auf dem Boden ab, um mir die Luft aus der Lunge zu pressen.

»Du wirst es noch lernen.« Er schlang mir wieder Lederriemen um die Handgelenke.

»Oh bitte nicht«, sprudelte ich hervor.

»Jetzt bettelst du?« Er fesselte meine Hände vor mir und schlang mir einen Lederriemen um den Hals, bevor er ihn ergriff. Dann zog er daran.

»Bitte tu das nicht.« Hitze schoss mir in die Wangen. Gefesselt und gedemütigt spürte ich, wie sich etwas in meinen Lenden regte. Der Mond ging am zunehmend dunkleren Himmel auf. Bald würde mich die Brunst überkommen. Ich musste entkommen. »Ich werde brav sein.«

»*Aye*, wirst du. Gefesselt und angeleint an meiner Seite.« Mit einem strengen Ausdruck im gutaussehenden Gesicht zog er mich an der Lederleine vorwärts. »Ich werde dir beibringen, nach meiner Pfeife zu tanzen und mir noch dafür zu danken.«

»Ich komme mit, ehrlich.« Mit beiden Händen packte ich die Leine, die sich zwischen uns spannte. »Bitte sag mir nur, dass meine Freundinnen in Sicherheit sind.«

Er blinzelte.

»*Aye*, Mädchen«, erwiderte er. »Sie sind in Sicherheit. Mach dir keine Sorgen. Das Rudel passt auf sie auf.«

Ich schloss die Augen. »Dann komme ich mit dir und tue, was du verlangst.« *Vorläufig.*

Nach einer kurzen Pause öffnete ich die Lider und stellte fest, dass der Krieger die Leine um meinen Hals betrachtete. Er entfernte einen silbernen Armreif von seinem Bizeps, verbog das Metall, um ihn zu öffnen, brachte ihn um meinen Hals an und schloss ihn wieder. Das Silber kühlte meine Haut. Durch den Rest von mir jedoch breitete sich durch Leifs Berührung und Aufmerksamkeit kribbelnde Hitze aus.

»So.« Er löste die Leine von meinem Hals und befestigte sie stattdessen am Metall. Ein Halsband und eine Leine, wie ein Hund. Und mein verräterischer Körper wurde erregt.

Ich ballte die Hände zu Fäusten. Doch selbst wenn ich in der Lage gewesen wäre, einen solchen Krieger zu bezwingen, ich konnte nicht gleichzeitig gegen ihn und gegen meine Begierden kämpfen.

Mit einem Grinsen im Gesicht trat Leif einen Schritt zurück.

Ich spannte die Kiefermuskeln an. »Wie lang soll ich deine Gefangene bleiben?«

Er zog mich vorwärts, obwohl ich mich dagegenstemmte. »Für immer.« Er legte den Kopf schief.

Ich biss mir auf die Unterlippe. Am besten würde ich abwarten und meine Flucht planen.

»Komm, Mädchen.«

Als er mich weiterführte, schaute ich zurück, konnte jedoch keinen Blick mehr auf den Klosterturm erhaschen. Schon seltsam: So oft hatte ich davon geträumt, den Ort zu verlassen. Und nun musste mich ein Krieger davon wegschleifen.

»Von einer Sklaverei zur nächsten«, murmelte ich.

»Gefährtin, nicht Sklavin«, berichtigte mich Leif. »Brokk fragt sich, warum meine Bestie dich ausgewählt hat, aber mir ist es sonnenklar. Du bist eine beherzte junge Frau.«

Verneinend schüttelte ich den Kopf.

Er grinste. »Und ob du das bist. In dir steckt genug Kampfgeist, um es mit uns aufzunehmen.« Er senkte den Kopf nah zu meinem. »Ich mag es, wenn du dich wehrst.« Er tippte mir unters Kinn, bevor er zurücktrat und wieder an der Leine zog. »Jetzt marschieren wir.«

Ich folgte ihm. Mehrere Male blieb er stehen, bevor er weiterging, als wollte er mich auf die Probe stellen. Und obwohl ich mit dem Gedanken liebäugelte, mich loszureißen, blieb ich und gab mich gehorsam, wie ich es versprochen hatte. Ich würde geduldig auf meine Gelegenheit zur Flucht warten.

Bevor ich zu sprechen wagte, leckte ich mir mehrmals über die Lippen. »Wohin bringst du mich?«

»Zurück nach Hause zum Rudel auf dem Berg«, antwortete er mir. »Aber die Nacht werden wir allein im Wald verbringen.«

Dunkelheit breitete sich über uns aus. Der Mond begann seinen Aufstieg.

»Warum warst du allein in dem Schuppen?«, fragte Leif.

»Ich habe mich vor den Nonnen und dem Ordensbruder

versteckt.« Bevor er sich nach dem Grund erkundigen konnte, fuhr ich fort. »Was werdet ihr mit ihnen machen?«

»Mit dem heiligen Mann und den heiligen Frauen?«

»Ja.«

»Einige der Nonnen sind auch *Holzmouwas*. Die Berserker werden sie gefangen nehmen. Den Rest lassen sie frei, es sei denn, sie haben dich und die anderen misshandelt. Dann werden sie bestraft. Vielleicht sogar vernichtet.«

Ich stolperte. Er fing meinen Arm ab und stützte mich, bis ich mich mit einem Ruck von ihm befreite.

»Und der Ordensbruder?« Er hatte viele von uns misshandelt.

Leifs Augen leuchteten in der Dunkelheit. »Wir werden sehen.« Sein Tonfall wurde düster. »Sorgst du dich um sein Schicksal?«

»Ich sorge mich um meines«, antwortete ich, »und um das meiner Waisenschwestern.«

»Fürchte nicht um sie, denn sie sind in Sicherheit – jetzt und für immer.«

»Als Sklavinnen.«

Abrupt blieb er stehen, drehte sich um und ragte über mir auf. Unwillkürlich wich ich einen Schritt zurück.

»Merk dir meine Worte, Mädchen. Sie sind jetzt sicherer, als sie es je zuvor gewesen sind. Heute Nacht fürchten sie sich vielleicht. Aber die Krieger, die Anspruch auf sie erheben, werden sich um jedes ihrer Bedürfnisse kümmern.«

Kribbelnde Hitze regte sich in mir. »Wie kannst du das sagen? Ihr seid einfach aufgetaucht und habt uns aus unserem Zuhause entführt.«

»Und doch wittere ich keinerlei Angst«, entgegnete er. »Dein Geruch kann nicht lügen. Er verrät mir, dass du … willig bist.«

Ich errötete und wünschte, ich könnte mich vor seinem eindringlichen Blick verstecken. Wieder fiel mir mein Körper in den Rücken.

Er hob mit einem Finger mein Kinn an. »Dafür musst du dich nicht schämen, Mädchen. Du bist bereit für deine Gefährten und willst uns. Schon bald wird die Brunst über dich kommen.«

»Woher weißt du das?« Ich leckte mir die Lippen und warf einen weiteren Blick zum Mond.

»Wie oft überkommt es dich? Das Fieber.«

»Einmal im Monat.«

»Also kettest du dich im Schuppen an.«

Ich nickte. »Das muss ich. Eine andere junge Frau ist ausgerissen. Der Ordensbruder musste ins Dorf, um sie zurückzuholen. Er hat uns alle dafür bestraft, und wir haben sie nie wieder gesehen.« Genauso wenig wie Hasel, die verschwunden war, kurz nachdem sie uns erzählt hatte, wie der Ordensbruder die von Lust erfüllte junge Frau verschwinden ließ.

4

BROKK

Sie kämpft dagegen an, sagte Leif in meinem Geist.

Ich hob den Kopf. Dunkelheit hatte im Kloster Einzug gehalten. Nur in einem Fenster zeichnete sich Licht ab. Einige Berserker trieben sich noch herum und hielten Ausschau nach verirrten *Holzmouwas.* Die verbliebenen Nonnen hatten sie gefesselt. Sie würden sie die Nacht über bewachen und am nächsten Morgen freilassen. Wir hatten die Nacht, um unsere Gefährtinnen zurück zum Berg zu bringen.

Sie wird bereits von der Paarungslust verzehrt. Aber es könnte länger dauern, sie davon zu überzeugen, dass sie uns gehört.

Wir haben keine Zeit für Spiele. Wenn du denkst, dass sie unsere Gefährtin ist, dann kümmere dich um sie. Du bist doch der mit der geschickten Zunge, Leif. Benutz sie.

Stille. In den letzten Jahren stritten Leif und ich zunehmend häufiger, weil unsere Bestien unseren Zorn schürten. Eine Gefährtin würde unsere beiden Gemüter besänftigen. Hoffentlich. Wenn Leifs Bestie oder meine hervorbräche, würde keiner von uns überleben.

Wir müssen zurück zum Berg, versuchte ich, vernünftig

mit meinem Kriegerbruder zu reden. *Der Hexer, der all die Frauen hier versammelt hat, könnte kommen, um sie zu holen.*

Sie hat Angst. Der heilige Mann, der über die Holzmouwas *gewacht hat — er hat sie bestraft, wenn die Brunst über sie gekommen ist. Deshalb hat sie sich versteckt.*

Zorn flammte in mir auf. *Der heilige Mann bleibt im Kloster. Rolf und Thorbjorn verhören ihn noch. Ich frage sie, ob das wahr ist.*

Thorbjorns Antwort erreichte mich erstickt vor Wut.

Es ist sogar noch schlimmer, berichtete ich Leif. *Der heilige Mann hat einige seiner Mündel misshandelt, sie benutzt und dann an den Totenkönig verkauft.*

Einen Moment lang kämpften wir beide damit, unsere tobenden Bestien zu bändigen. Fell spross an meinen Armen, als ich mit der Verwandlung begann.

Leif übermittelte mir einen anhaltenden Eindruck – die Frau namens Weide, gefesselt an seiner Seite. So klein und doch so tapfer, das Kinn hoch erhoben, der Rücken stramm. So ließ sie sich von Leif durch die immer dunklere Nacht führen.

Wir werden sie beschützen, gelobte Leif. *Neben mir ist sie in Sicherheit. Sie wird ihre Angst vergessen, wenn wir ihr beibringen, sich an unsere Berührungen zu gewöhnen.*

Meine Bestie beruhigte sich. Obwohl ich beim Gedanken, dass ein anderer Mann ohne ihre Erlaubnis Hand an unsere Frau gelegt hatte, immer noch loderte. Aber ich wusste, dass Leif sie beschützen würde.

Der Ordensbruder steht kurz vor seinem letzten Atemzug, teilte ich Leif mit. *Ich höre gerade seine Schreie und sein Winseln um Gnade. Rolf und Thorbjorn werden ihm keine gewähren.*

Gleich darauf verstummten die Schreie.

Brokk, rief eine tiefe Stimme nach mir.

Thorbjorn, antwortete ich. *Habt ihr alle herausgeholt?*

Alle bis auf eine kleine blonde Ausbüxerin. Ihr Name ist Salbei. Die Wärme in seinem Ton verriet mir, dass er ihr bereits verfallen war.

Sorg dafür, dass du Anspruch auf sie erhebst, bevor du zum Berg zurückkehrst. Grinsend trabte ich zurück in den Wald, als mir ein fauliger Gestank in die Nase stieg.

Jäh hielt ich inne und steuerte zur Gartenmauer.

Vor einer Schar von um die hundert schlurfenden Gestalten trieb ein leichter Nebel über die Straße.

Draugr. Die Diener des Totenkönigs kamen, um sich unsere Frauen zu holen. Ich stellte die Verbindung zum Rudel her.

Der Feind ist im Anmarsch. Kommt jetzt raus!

5

WEIDE

Während der Krieger daran arbeitete, ein Feuer anzuzünden, kauerte ich neben ihm – die Arme und Beine gefesselt. Trotzdem hatte er für mein Wohlbefinden gesorgt, indem er für mich eine Bettrolle zum Sitzen ausgebreitet und einige Haferkekse und einen seidigen Wolfspelz aus seinem Bündel hervorgeholt hatte.

Obwohl die Nacht angenehm warm war, zitterte ich. Nicht vor Kälte. Der Mond ging auf – schon bald würde mich das Fieber befallen. Ich würde hilflos ausgeliefert sein. Meine Lenden würden pulsieren, Schweiß würde mir über die Stirn rinnen, während ich um Erlösung stöhnte ...

»Ruhig, Mädchen«, sagte Leif, ohne aufzuschauen. »Ich kann deine Erregung von hier aus riechen.«

Ich presste die Beine zusammen. Ein leises Wimmern entrang sich mir. »Du lässt mich nicht gehen?«

Kurz begegnete er meinem Blick. Der darin lodernde Hunger ließ alle Hoffnung in mir erlöschen. Ich erschlaffte in meinen Fesseln. Bald würde ich nicht mehr in der Lage sein, ihn anzuflehen, mich frei zu lassen. Das Verlangen in meinem Körper würde dem seinen entsprechen. Es würde meinen Geist übernehmen und meine Seele verzehren. Wie viele Nächte hatte ich von einem Mann wie ihm geträumt, der kommen und mich befriedigen würde? Der mich in der Dunkelheit finden und mich mit zugleich zärtlichen und starken Berührungen übersäen würde. Alles an den harten Muskeln seiner Gestalt würde mich befriedigen. Wir würden beisammen liegen, jede Berührung ein geheimes Versprechen, zu kostbar, um es laut auszusprechen. Am nächsten Morgen würden wir eng umschlungen erwachen, ich wohlbehalten in seinen Armen.

Mein Seufzen drang als leises Stöhnen aus mir.

Als ich den Kopf wieder hob, leuchteten die Augen des Kriegers golden.

»Mach nur so weiter, Mädchen, dann liegst du gleich auf dem Rücken. Wart's nur ab. Wir haben zwar den Eid geleistet, dich nicht anzufassen, bis du bereit dazu bist, aber es gibt Grenzen dafür, was ein Mann ertragen kann.«

Ich zog den Kopf ein und kämpfte darum, alles in mir zu behalten, obwohl mir ein Rinnsal von Nässe das Bein hinablief.

»Es ist nicht meine Schuld«, flüsterte ich. Aber der Mond stieg höher. Wenn mich die Brunst überkäme, wie sollte ich es dann erklären?

»Brokk sollte besser bald zurück sein«, murmelte der Krieger und nährte weiter das Feuer. Im düsteren Licht gab er eine ansehnliche Gestalt ab – der bestaussehende Mann, der mir je unter die Augen gekommen war. Lange Beine, breite Schultern, ein scharf geschnittenes, anmutiges Profil.

Ich leckte mir die Lippen. »Du hast einen Eid geleistet?«

»*Aye.*« Ein Muskel zuckte in seiner Wange. »Das haben wir alle.«

Als er sich aufrichtete, bemerkte ich die Umrisse seines gegen die Hose pressenden Glieds.

Der Krieger räusperte sich. Ich zwang mich, nach oben zu schauen. »Was willst du von mir?«

Leif öffnete die Lippen, als wollte er antworten. Plötzlich schwenkte sein Kopf nach rechts. Gleich danach sprang er auf und trat das Feuer aus.

»Komm, Mädchen.« Er schnitt meine Fesseln durch und zog mich auf die Beine.

»Was ist?«

»Der Feind.« Von den sterbenden Flammen stieg Rauch auf. Der Inhalt seines Bündels lag verstreut herum, aber Leif hielt nicht inne. Er schob mich vor sich her, steuerte uns beide in den Wald. Ich schrie auf, als Äste an meinen Armen kratzten, doch er wurde nicht langsamer.

»Welcher Feind?«

Leif führte mich zur Straße. Da hörte ich es – ein Zischen. Der Gestank von verwesendem Fleisch ließ mich die Nase rümpfen.

»Der Totenkönig.« Leif zog mich im Laufschritt über die Straße. »Er kommt, um dich zu holen.«

6

LEIF

*S*ie sind hier, übermittelte ich Brokk. *Die Draugr. Ich spüre sie die Straße heraufkommen.*

Brokk fluchte. *Hinter mir sind sie auch. Wir sind umzingelt.*

Ich zog die Frau hinter einem Felsblock in geduckte Haltung. Da uns der Fluchtweg abgeschnitten war, mussten wir ein Versteck finden. Wie konnte der Feind so schnell hier gewesen sein?

Das Gebiet musste unter Beobachtung gestanden haben. Egal. Wir mussten eine Möglichkeit finden, Weide wegzubringen.

Willst du gar nicht mit mir darüber streiten, ob sie nun unsere Gefährtin ist oder nicht?, scherzte ich. Brokk jedoch antwortete unverblümt und ernst wie immer.

Später. Wenn Zeit dafür ist.

Ich widersprach nicht. Hätte mich nicht überraschen sollen, dass sich Brokk gegen unsere neu gefundene Gefährtin versperrte, obwohl es lange zurücklag, dass wir zuletzt eine Frau gehabt hatten.

»Was ...«, setzte Weide an. Ich schlug ihr eine Hand auf den Mund.

»Still. Es kommt etwas.«

Das von mir gewählte Versteck bot mir einen Blick auf die Straße. Nebel kroch den uralten Weg entlang – seltsam für eine so warme, klare Nacht. Ich murmelte einen Fluch. Der Totenkönig verfügte über Zauber, mit denen er das Wetter beeinflussen konnte.

Ich zwang Weides Kopf an meine Brust. »Sei ganz still, Mädchen. Ich weiß, du vertraust mir nicht. Aber es gibt auf dieser Welt Böses, das kannst du dir nicht vorstellen, und ich werde mein Bestes geben, um dich davor zu schützen.«

Statt Widerstand zu leisten, rutschte sie näher zu mir. Sie zog den Kopf ein, und ich streichelte ihr Haar, um sie zu beruhigen.

Einige Zeit verging, und der Nebel auf der Straße verdichtete sich. Das Zischen wurde lauter. Was immer auf uns zukam, schien vorbeizufliegen – viel schneller, als ich die Bewegungen der Grauen kannte.

Eine Gänsehaut breitete sich über meine Arme aus.

»Runter, Mädchen.« Ich drückte Weide zu Boden und bedeckte sie mit meinem Körper. Die Luft über meinem Rücken wurde kalt. Der erstickende, faulige Gestank brachte mich zum Würgen. Über unseren Köpfen knarrten die Bäume, neigten sich im unnatürlichen Wind. Die Bestie in mir drängte sich in den Vordergrund, war bereit, gegen das Böse zu kämpfen, das über uns hinwegfegte.

Ich wartete, bis sich der Wind legte und wieder Stille im Wald einkehrte.

»In Ordnung. Es ist vorbei.«

Weide keuchte an meiner Seite. Ihr Herz schlug einen wilden, verängstigten Takt.

»Was war das?«

»Ich weiß es nicht«, antwortete ich ihr. »Der Totenkönig besitzt große Macht.«

»Ich verstehe.« Ihr Zähne klapperten in der plötzlichen Kälte. Ich wünschte, ich könnte ihr den Pelz um die Schultern legen, doch bei der überhasteten Flucht hatte ich ihn zurückgelassen. Wie töricht ich doch gewesen war, als ich gedacht hatte, es wäre sicher für uns, die Nacht über anzuhalten und zu lagern.

Meine Hand strich der jungen Frau das Haar aus dem Gesicht. Wenn ich mich konzentrierte, konnte ich beinah den Weg des Bluts durch ihren Körper fühlen. Es strömte frei und ungehindert wie ein Fluss ins Meer. Wenn ich den Mund an ihren Hals legte, würde ihr Puls unter meiner Zunge erbeben und meine Zähne einladen, sie zu beißen.

Mein Rückgrat kribbelte, durch meine Gliedmaßen prickelte die Magie der Verwandlung. Wut füllte mich aus, heiß und köstlich. Ein Strom verdorbener Macht verwandelte mich in eine Bestie, die stark genug war, um Draugr in Stücke zu reißen – und mächtigere Gegner. Als ich blinzelte, verfärbte sich meine Sicht rot. Ein neuer Feind befand sich im Wald bei uns – und er tobte und wütete, um aus dem Käfig meines Geists auszubrechen.

Brokk. Ich entsandte die Sinne zu ihm. *Ich brauche dich.* Wir halfen uns schon ein Jahrhundert lang gegenseitig, unsere Bestien im Zaum zu halten. Er wusste, was passieren würde, wenn meine Bestie die Oberhand erlangte, und er würde mir die Hilfe nicht verweigern, auch wenn wir uns in Hinblick auf unsere Gefährtin nicht einig waren.

Ich komme, Bruder. Ich spürte, wie er durch den Wald stürmte und verzweifelt versuchte, mich rechtzeitig zu erreichen. *Halt durch. Verlier nicht die Kontrolle.*

Ich bohrte die Fingernägel in meine Handflächen und spürte das Stechen, als sie sich in scharfe Klauen verwandelten. Über einhundert Jahre hatte ich auf die Frau gewartet, die den Fluch von mir nehmen könnte – und nun, da sie sich unmittelbar an meiner Seite befand, war es vielleicht zu spät.

7

WEIDE

»B leib hier«, stieß Leif knurrend hervor und sprang auf. Er band meine Leine an einen kleinen Baum. »Und sei still, ganz gleich, was du siehst.«

»Warte!«, rief ich. Irgendetwas veränderte sich. Seine Gestalt wirkte gekrümmt und steif, jeder Muskel schien angespannt zu sein. »Willst du gegen sie kämpfen?«

Mit dem Rücken zu mir hielt er inne. »Hast du Angst um mich, Mädchen?« In seiner rauen, kehligen Stimme schwang ein Hauch von Hohn mit.

Ich zog mir die Knie an die Brust. Eigentlich sollte ich diesem Krieger entkommen wollen. Tatsächlich jedoch wollte ich nicht, dass er ging.

»Hab keine Angst, meine kleine Gefangene. Ich kundschafte nur die Gegend aus und komme dann zurück. Wenn du hier bleibst, kann ich deine Sicherheit gewährleisten.« Damit verschwand er im Wald.

Allein saß ich da, eingehüllt in Stille. Die gewöhnlichen Laute der Nacht verstummten – die Geräusche von Insekten, der Ruf der Eulen. Gefahr lag in der Luft.

Die Dunkelheit schien mich zu erdrücken. Zusammen-

gekauert verharrte ich dort, wo mich der Krieger zurückgelassen hatte. Wenn ich die Leine löste, konnte ich fliehen –
aber meine Instinkte rieten mir eindringlich, mich nicht
von der Stelle zu rühren. Selbst wenn ich wegrannte, würde
mich der Krieger aufspüren. Und er schien mir gefährlicher
als jeder andere Feind zu sein, sogar als der Totenkönig, den
er erwähnt hatte.

Neben mir bewegte sich ein Schatten. Ich erschrak und
stieß einen Schrei aus, aber sofort klatschte eine raue Hand
über meinen Mund und dämpfte den Laut.

»Still«, murmelte eine Stimme an meinem Ohr. Brokk.

Ich erschlaffte an ihm und hätte vor Erleichterung
beinah geschluchzt. Sein Geruch drang mir in die Lunge,
zugleich erfrischend und verlockend. Als ich mich an seine
harte Brust drückte, erinnerte sich mein Körper an seine
Erregung.

Er ließ sein Bündel auf den Boden fallen und unter-
suchte meine Leine.

»Leif ist weg«, flüsterte ich.

Brokk löste die Leine vom Baum und zog mich in
geduckter Haltung mit sich in den Schutz einer Schierlings-
tanne. Mit angehaltenem Atem fügte ich mich ihm.

Im Gegensatz zu dem rothaarigen Krieger entbot mir
Brokk kein freundlichen Worte und keine beruhigenden
Berührungen. Obwohl mich diese Männer gefangen
genommen hatten, erwartete ich Trost von ihnen. Leif hatte
unmissverständlich zum Ausdruck gebracht, dass ich ihn in
Versuchung führte. Brokk hingegen schien mich nicht zu
mögen.

Dennoch rückte ich nah zu ihm, weil ich mich an seiner
Seite sicherer fühlte.

»Es ist so still«, flüsterte ich nach einer angespannten
Weile. »Man hört keine Vögel.«

»Sie spüren die Gegenwart des Bösen«, erwiderte Brokk.

»Irgendetwas ist die Straße entlanggekommen«, brachte ich wimmernd hervor. »Ich konnte es nicht sehen, weil mich Leif mit seinem Körper abgeschirmt hat, aber ich konnte es fühlen. Er hat gesagt, es sei hinter mir her.« Meine Stimme verkam zu einem verängstigten Quieken.

»Ich weiß, Weide.« Sein Tonfall blieb streng. Er zog an der Leine und ließ mich an seiner Seite niederknien. Ich entspannte mich im Schutz seines großen Körpers.

»Ist es hinter mir her?«

»Ja. Still jetzt.«

Schweigend warteten wir, bis Leif neben uns schlich.

»Hast du die Bettrolle?«, fragte er mit rauer Stimme. Seine Augen funkelten mit einem unheimlichen goldenen Licht.

»Ich habe alles. Sie könnten immer noch ihren Geruch aufspüren.« Brokk deutete mit einem Nicken auf mich, und ich schämte mich. »Wir müssen zurück zum Berg.«

»Zu spät«, erwiderte Leif. »Ich habe gekundschaftet. Ein weiteres Heer der Draugr kommt die Straße entlang. Woher hat der Totenkönig überhaupt gewusst, dass wir das Kloster überfallen haben?«

Brokk schnaubte. »Der Ordensbruder hat ihm eine Nachricht geschickt, weil er versuchen wollte, seinen verkommenen Hintern zu retten. Rolf und Thorbjorn haben ihn gejagt, aber er hat sich in der Waschküche eingeschlossen. Dort hat er einen kleinen Zauber gewirkt, um seinen Herrn zu warnen, bevor sie die Tür aufgebrochen haben. Sein Tun hat ihn nicht gerettet.«

»Er ist tot?«, platzte ich heraus.

»*Aye*«, bestätigte Brokk. »Unsere Krieger haben ihn ins Jenseits befördert.«

Mit einem Stoß strömte der Atem aus mir heraus. Der

Albtraum, der mich heimgesucht hatte, war vorbei. Allerdings waren Salbei und meine anderen Freundinnen diesen seltsamen Krieger in die Hände gefallen.

»Wir müssen los. Sie kommen«, sagte Leif. Ich ließ mich von ihm an seinen Körper ziehen. Seine Hände legten sich um mich. Ich empfand seine Berührung bereits als vertraut. »Wir verstecken uns, bis wir sicher sein können, dass uns die Grauen nicht folgen werden.«

»Die Grauen?«, fragte ich.

»Sie sind Tote«, erklärte Brokk. »Männer, die den Schleier des Todes durchschritten haben und von der bösen Macht eines Magiers wiederbelebt wurden.«

»Wie ist das möglich?«, flüsterte ich.

»Er ist ein König aus grauer Vorzeit, der uralte Magie beherrscht.« Leif umklammerte mich fester. Ich schmiegte mich in seine Arme, bohrte die Finger in seine glatten Muskeln. Sein Geruch umfing mich – eine angenehme Mischung aus Holzrauch und wilder Minze mit einem Hauch von Gewürzen. »Er wurde besiegt und in einen todesähnlichen Zustand versetzt. Aber im Verlauf der Zeit hat er eine Möglichkeit gefunden, dagegen anzukämpfen. Wie eine Spinne, die ihre Beute in ihr Netz lockt, hat er seine Macht entsandt, um diese Grauen zu erschaffen. Irgendwie haben sie den Ordensbruder überredet, für ihn zu arbeiten. Der Totenkönig ist dabei, ins Leben zurückzukehren.«

»Er hat eine neue Quelle der Macht gefunden und ist hinter ihr her«, sagte Brokk.

»Was für eine Quelle?«, fragte ich.

Brokk schaute zu mir zurück. In seinen Augen schimmerte ein gelbliches Licht. »Dich.«

8

LEIF

Hör auf, ihr Angst einzujagen, übermittelte ich meinem Kriegerbruder mit verkniffener Miene.

Sie muss die Wahrheit erfahren. Laut sprach er aus: »Wir müssen Wasser finden. Das mögen die Grauen nicht.«

»In der Nähe ist ein Sumpf.« Das Gelände kannten wir vom Auskundschaften des Klosters.

»Das könnte reichen. Aber besser wäre ein Fluss oder noch besser ein See.«

Weides Atem ging in abgehackten Stößen, während wir uns zwischen den Bäumen hindurchschlängelten. Brokk ging voraus, ich bildete die Nachhut und berührte Weide oft, um sie zu beruhigen.

Schließlich wich das Dickicht ungleichmäßigen Schilfansammlungen und schlammigem Wasser. Wir marschierten hinein, bahnten uns einen Weg durch das sumpfige Gelände. Der Schlamm saugte an meinen Stiefeln. Ich verkniff mir einen Fluch. Wenn wir Glück hätten, würde der Sumpf genügen, um die Schergen des Totenkönigs abzuschrecken.

Brokk blieb stehen und drehte sich mit einem Finger an den Lippen zu uns um.

Weitere Draugr vor uns. Der Wind weht uns entgegen und trägt uns ihren Geruch zu. Sie kesseln uns ein. Wir können nur entweder den Sumpf durchqueren oder uns hinhocken und hoffen, dass uns die Grauen nicht wittern. Brokk klang forsch. Wir hatten uns schon öfter scheinbar hoffnungslosen Situationen gestellt. Er stand ein Stück abseits von Weide und mir.

»Wir verstecken uns hier, bis sie vorbeigezogen sind, dann setzen wir den Weg fort«, sprach ich für Weide laut aus.

Brokk nickte. Wir alle ließen uns für eine unbehagliche Wartezeit nieder. Die Geräusche von Schritten – ein Heer zahlreicher Männer, unterwegs in unsere Richtung. Ihr Gestank wehte im Wind. Die Bestie bäumte sich auf. Ich schloss die Augen und stemmte ihr alle Willenskraft entgegen, damit sie nicht hervorbrechen konnte.

Leif?

Es geht mir gut. Ich drehte den Kopf gegen den Wind und sog den Duft von Weides Haar ein. So zart und lieblich. Und obwohl sie neben uns zitterte, hatte sie einen wilden Ausdruck im Gesicht. Sie hatte in dieser Nacht so viel durchgemacht und blieb doch so tapfer. Für sie musste ich durchhalten.

Wir können auch kämpfen, schlug Brokk vor. Seinem spröden Ton nach hielt er es jedoch für keine gute Idee. Selbst wenn wir eine Schneise für unsere Flucht schlagen könnten, verhieß es Gefahr, unsere Bestien zu entfesseln.

Es sind zu viele. Ich hielt mir die Hand über Mund und Nase, als mir eine kräftige Brise mehr von ihrem Gestank zutrug. *Der Totenkönig hat ein großes Heer geschickt.*

Er wird alles tun, was er kann, um seine künftigen Bräute in Besitz zu nehmen.

Ein Knurren entrang sich mir, bevor ich es zurückhalten konnte. Weide versteifte den Körper.

»Ruhig«, murmelte Brokk zu uns beiden.

Von dort, wo wir kauerten, konnten wir die Straße im Mondlicht schimmern sehen. Das Heer der Draugr kam den Weg entlang, schauerliche Soldaten, die mit ruckartigen Bewegungen marschierten. Ein paar Speere und Schwerter, aber überwiegend Heugabeln und Stöcke, gewöhnliche Gegenstände, als Waffen benutzt. Etliche Ränge kamen auf uns zu. Wie hatte der Totenkönig so schnell eine solche Streitmacht aufgestellt?

Bei Odins Stiefeln. Das sind keine Grauen. Zumindest ist ihre Haut nicht grau.

Ich streckte den Kopf über das Sumpfgras. Wie Brokk gesagt hatte, sahen die Mitglieder des Heers nicht ausgemergelt und leichenblass aus wie die Grauen, mit denen wir es zuvor zu tun gehabt hatten. Es handelte sich um Männer jeden Alters mit rosiger Haut und ausdruckslosen Gesichtern. Sie trugen die Kleidung von Dorfbewohnern.

Die stummen Ränge marschierten nur wenige Schritte von unserem Versteck entfernt vorbei, insgesamt über einhundert. Brokks angespannte Miene verriet mir, dass er mitzählte.

Diese Draugr stinken nach Blut, nicht nach verwesendem Fleisch, sagte ich, als uns über die Hälfte passiert hatte.

Sie sind noch nicht lange tot. Brokk hörte sich grimmiger als sonst an.

Kälte durchzuckte mich.

Die Ränge hatten sich gelichtet, als sich Weide plötzlich aufsetzte. »Josef!« Der Name schoss aus ihr heraus.

Ich zog sie nach unten. »Still, Mädchen.«

Aber sie wehrte sich. »Warte. Ich kenne ihn aus dem Dorf.« Ich klatschte ihr die Hand über den Mund.

»Hör auf«, zischte ich ihr ins Ohr. Sie quiekte in ihrer Not, laut genug, um den Feind auf uns aufmerksam zu machen und die Bestie in mir aufzuscheuchen.

Brokk senkte das Gesicht unmittelbar vor das ihre. Seine Miene wirkte streng genug, um einen Mann in die Schranken zu weisen.

»Du bist jetzt still. Wir schweben alle in Gefahr.«

Sie schüttelte den Kopf, so gut sie es mit meiner Hand über ihrem Mund konnte, aber sie hörte auf, sich zu wehren.

»Der Mann, den du zu kennen glaubst – das ist er nicht. Josef ist tot. Die Magie des Totenkönigs hat ihm das Leben genommen und ihn zu seinem Werkzeug gemacht.«

Mit einem von mir gedämpften Aufschrei sackte Weide gegen mich.

Zu barsch?, fragte mich Brokk.

Ich schüttelte den Kopf. Ihr Drang, ihrem Freund zu helfen, konnte uns allen zum Verhängnis werden. Wäre nicht wenige Schritte entfernt der Feind vorbeimarschiert, ich hätte sie übers Knie gelegt und bestraft. Als ich dieses Bild mit Brokk teilte, krümmten sich seine Mundwinkel. Wenn es einen Anreiz für ihn bot, unsere Gefährtin zu akzeptieren, könnte vielleicht das Bestrafen seine Aufgabe werden.

9

BROKK

Ich funkelte Weide an, bis sie den Blick senkte. Wölfe hielten sich an strenge Regeln der Dominanz, und wir wussten beide, dass sie sich an meine halten musste. Aber es genügte nicht, dass sie meine Dominanz nur anerkannte. Sie musste gehorchen. Hätte ich sie bereits als Gefährtin akzeptiert, würde ihr eine Züchtigung blühen. Sobald wir ein sicheres Fleckchen gefunden hätten, würde ich ihr Hinterteil mit einem Lederriemen bearbeiten, bis es rot schillerte ...

Vorsicht, warnte mich ein Teil von mir. *Dieses Spiel hast du schon einmal gespielt.* Ich gehörte zu den wenigen Berserkern, die sich an die Torheit der Liebe erinnerten. Sie endete immer in Kummer.

Mittlerweile waren fast alle Grauen an uns vorbei.

Vielleicht würde ich sie wirklich einen Lederriemen kosten lassen, für sie als Strafe, für mich zum Vergnügen. Meine Bestie konnte es kaum erwarten, sie entblößt vor uns zu sehen.

Bei der Vorstellung rührte sich etwas in meinem Schritt. Ich knirschte mit den Zähnen.

»Kleines Frauchen, du wirst gehorchen«, presste ich als raues Flüstern hervor. »Du wirst tun, was wir sagen, und still sein.«

Sie wich zurück, schmiegte sich an Leif, und er legte die Arme um sie. Ich wandte mich von dem hübschen Paar ab. Leif liefen die Frauen immer nach.

Das ist nicht dasselbe, meinte Leif zu mir. *Wir werden sie in jeder Hinsicht teilen.*

Ich schüttelte den Kopf. Wir konnten diese Unterhaltung nicht führen, während der Feind nur wenige Schritte entfernt an uns vorbeimarschierte.

Nicht, wenn es uns nicht gelingt, von den Grauen wegzukommen.

Einen Moment lang wünschte ich, Leif und ich hätten keine Bruderbindung. Hätte ich eine Wahl, würde ich keine Frau teilen. Aber unsere Bindung verlangte, dass wir uns dieselbe Gefährtin nahmen.

Du starrst sie schon wieder so finster an, kam von Leif. Ich setzte ausdruckslose Züge auf.

Im Moment hat Weide vor uns mehr Angst als vor den Grauen. Rede mit ihr. Erklär ihr, was vor sich geht. Beruhige sie.

Mir fehlte die Gabe für solch süße Worte. *Mach du das.*

Sie soll ebenso sehr deine Gefährtin werden wie meine. Leif reckte das Kinn vor.

Die letzten Grauen waren inzwischen vorbeigezogen.

»Verzeih mir«, sagte ich zu der verängstigten jungen Frau. »Ich bin daran gewöhnt, dass ich Befehle erteile und ihnen gehorcht wird. Wir verstecken uns, weil der Totenkönig seine Diener entsandt hat, um dich zu fangen. Sie sind Tote. Wiederbelebte Seelen.«

Die Frau schauderte. Leif legt einen Arm um sie.

»Das verstehe ich nicht. Was will er von mir?«, fragte sie.

»Er will alle *Holzmouwas* für sich haben. Er begehrt eure

Macht. Davor hatte er euch im Kloster gefangen und wollte euch einzeln holen lassen, um eure Macht in sich aufzunehmen, indem er euch das Blut aussaugt ...«

»Das reicht«, ging Leif dazwischen. »Weide, hör mir zu. Du brauchst nur zu wissen, dass du bei uns bleiben und unserem Beispiel folgen musst.« *Den Rest können wir später erklären,* übermittelte er mir.

Ich atmete tief ein, nahm den satten Duft der Frau in mich auf. Wenigstens hatten die Grauen sie nicht gewittert. Unter den üblen Gerüchen des Schlamms und der Draugr nahm ich ihre Lust wahr, jedoch schwach. Ich wünschte, wir wären weit weg, zurück zu Hause oder an irgendeinem sicheren Ort, an dem wir ausloten könnten, wie ihr Körper auf uns ansprach.

»Gehen wir«, befahl ich. Leif nickte und richtete sich auf. Er würde die Frau tragen, damit wir mit Berserker-Geschwindigkeit reisen konnten.

»Du wirst still sein«, sagte ich zu der Frau. »Unser Fluchtweg führt am Dorf vorbei.«

»Wir müssen vorsichtig sein«, murmelte Leif. »Es werden überall Graue sein.«

»Hoffen wir, dass sie nicht mit uns rechnen.«

Ich entsandte die Sinne und wollte die Verbindung zum Rudel herstellen, fand die gedankliche Leitung jedoch versperrt vor. *Ich kann die Alphas nicht erreichen,* teilte ich Leif mit. Die verkniffene Miene in seinem Gesicht verriet mir, dass es auch ihm nicht gelang.

Der Totenkönig besitzt wirklich große Macht. Seine Magie muss die Bindung stören.

Wir müssen aufpassen. Auf uns allein gestellt können wir nicht lange überleben. Die Bestie war durch die Gegenwart unseres Feinds aufgestachelt und durch unsere neue Gefährtin erregt.

Wir werden überleben, erwiderte Leif. *Wir haben uns schon so lange gegenseitig geholfen.*

Ich grunzte. Die magische Bindung zwischen uns rettete uns das Leben, obwohl sie mir oft widerstrebte. Aber wir hatten beide keine Wahl.

Ich wandte die Gedanken strategischen Überlegungen zu. *Der Rest unserer Brüder muss verstreut sein. Ich fürchte, uns ist der Weg nach Hause versperrt. Wäre ich der Totenkönig, würde ich auf einen Hinterhalt entlang der Route zum Berg setzen und so viele Frauen wie möglich zurückholen.*

Dann können wir nicht zurück. Wir müssen für Weides Sicherheit sorgen.

Dem stimmte ich zu. Leif hob sich die Frau auf die Arme. Ihr rutschte ein leises Quieken heraus.

»Müssen wir dich knebeln?«, fragte ich sie streng.

Sie schüttelte den Kopf.

»Dann schnell.« Ich marschierte die Straße entlang voraus und tauchte in den Wald, als wir uns dem Kloster näherten. Der kalte Nebel, der Leifs früheres Versteck passiert hatte, schien das Gras und die sonstigen Pflanzen in weitem Bogen verwelkt zu haben. Sogar die Bäume wirkten brüchig, morsch und wie von Raureif überzogen.

Bei Odins Blut. Unser Umweg würde uns geradewegs durch das Dorf führen. Mit der Axt im Anschlag schlich ich zurück zur Straße und rechnete damit, im Mondlicht Ränge der Grauen zu sichten, die eine lebende Barrikade bildeten.

Nun ja, nicht wirklich lebend, trotzdem eine wehrhafte Barrikade.

Der Wind nahm zu. Ich schnupperte. Leichter Blutgeruch, aber keine Spur von Draugr.

»Halt«, sagte ich zu Leif und Weide. »Ich gehe allein voraus.« *Du beschützt sie.*

Leif nickte, und ich setzte mich wieder in Bewegung.

Der Geruch von Blut ging durchdringend von jedem Heim aus. Stille herrschte im gesamten Dorf, von der bescheidensten Hütte bis zum menschenleeren Platz in der Mitte.

Ein Kribbeln lief mir den Rücken hinauf und hinunter, als mein Fluch in mir die nötige Energie für die Verwandlung sammelte. Dieselbe bedrückende Stille hatte ich schon auf etlichen Schlachtfeldern erlebt. Aber irgendetwas sagte mir, dass wir nicht auf die Stätte eines Kampfes, sondern eines Gemetzels gestoßen waren.

Mein Stiefel stieg platschend in eine große Schlammpfütze, und Rostgeruch stieg mir in die Nase. Unvermittelt blieb ich stehen.

Ich bückte mich und berührte die Lache vor einem dunklen Haus. Als ich den Finger zurückzog, war er nass, aber nicht vor Wasser.

Blut.

Ich ging zur Tür. Durch mein schweres Auftreten öffnete sie sich knarrend einen Spalt.

Vorsichtig schob ich sie mit der Hand weiter auf. Rauch erfüllte das Haus, die Rückstände eines erlöschenden Feuers. Meine Augen brauchten einen Moment, um sich an die Lichtverhältnisse zu gewöhnen, dann sah ich, womit ich gerechnet hatte.

Ich schloss die Tür und sprach ein Gebet für die Toten drinnen, bevor ich den Weg von Haus zu Haus antrat und nach Lebenszeichen suchte.

Abgesehen von ein paar schwindenden Feuern lag jedes Haus dunkel da. Mittlerweile wusste ich, wie so viele Draugr fast wie aus dem Nichts auftauchen konnten. Der kalte Geruch hielt nach wie vor an – die Magie des Totenkönigs war durch das Dorf gefegt und hatte den kampftauglichen Männern den Verstand geraubt. Die Grauen, die wir gesehen hatten, waren allesamt verwandelte Dörfler gewesen. Bevor sie zum Dienst für den Totenkönig aufgebrochen waren, hatten sie alle getötet, die sie zurückließen.

»Bei Odins Augen«, murmelte ich, als ich in ein von Toten übersätes Haus nach dem anderen spähte. Manche lagen in den Eingängen, andere auf den Straßen. Alte, Frauen, Kinder.

Niemand hatte überlebt.

Umgeht das Dorf, sandte ich Leif. *Lass nicht zu, dass Weide das hier sieht.*

Ich überprüfte das letzte Haus, aber das Blutbad war lückenlos. Mit einer Decke verhüllte ich die Überreste einer toten Mutter und ihres Kinds. »Ruht in Frieden«, murmelte ich. Hätte ich Zeit gehabt, ich hätte die Leichen beerdigt und eine Hexe gerufen, auf dass sie die Umgebung mit Salz und Feuer reinigte. Aber wir mussten weiter, bevor die Zauber des Totenkönigs erneut durch diese Gegend fegten. Ich flüsterte ein kurzes Gebet, wusste jedoch, es würde nicht reichen. Es würde nicht verhindern, dass die Geister der Toten hier verharrten und nach Gerechtigkeit brüllten.

Dann verließ ich die Hütte, konnte es kaum erwarten, Luft zu atmen, die nicht nach Blut und verdorbener Magie stank.

Brokk, wo bist du? Der Geruch von Blut ... die Bestie ... ich kann nicht ...

Halt durch, Leif!

Ich hörte einen verhaltenen Aufschrei und wirbelte herum, gerade noch rechtzeitig, um Weide mit den Armen abzufangen. Trotzdem zu spät. Sie sah den regungslosen, blutigen Arm der Frau, höchstwahrscheinlich abgetrennt, als sie ihn ausgestreckt hatte, um ihr Kind vor dem Todesstoß zu schützen.

»Nein ...« Weide schluchzte, als sie sich nach der Hand der toten Frau streckte.

»Komm mit«, brummte ich und hob sie hoch. Ihre Finger krallten an meinen Armen, als ich davonstapfte. *Leif, ich habe sie.*

Die Wildkatze wollte einfach nicht aufhören, sich zu wehren. Leif klang müde und traurig. Ich verkniff mir eine scharfe Erwiderung. Der Geruch eines Blutbads lockte die Bestie hervor. Leif hatte Mühe, die Kontrolle zu bewahren.

Ich trage sie. Geh voraus und kundschafte für uns. Der Toten-könig könnte Graue als Wächter zurückgelassen haben.

Ich wandte die Aufmerksamkeit der Frau zu, die immer noch kämpfte, um sich aus meinem Griff zu befreien.

»Bleib stehen, ich kenne sie. Margaret. Josefs Frau. Wir müssen sie begraben.«

»Es sind zu viele. Das ganze Dorf ist abgeschlachtet worden«, presste ich heraus und verfluchte mich sogleich dafür, als ich sah, wie Kummer ihre Züge verzerrte.

»Nein ...« Sie stöhnte.

Ich drückte ihren Kopf an meine Schulter. »Schließ die Augen«, befahl ich. Sie schluchzte an mir, als wir die stillen Häuser und die auf den blutdurchtränkten Straßen verteilten Leichen passierten.

Leif, schnell. Wir müssen hier weg.

Geht ... ihr ...

»Bei Odins Blut«, fluchte ich. *Halt durch.* Ich bahnte mir den Weg zwischen den Häusern hindurch zum Wald. *Wir haben jetzt unsere Frau. Du musst dir die Herrschaft über dich bewahren.*

In den Schatten knurrte Leif.

Ich sprang zurück. »Leif, ich bin es.«

Brokk!

Ich duckte mich, und ein Speer sauste über meinen Kopf hinweg. Die Grauen hatten uns gefunden.

Leif stürmte aus dem Wald. Ich wich erneut aus, doch er

rannte an mir vorbei, um die vorrückenden Draugr anzugreifen.

Bring sie weg. Los! Geheul ertönte, laut und schaurig. So
schaurig, dass ein gewöhnlicher Mensch die Flucht
ergreifen würde. Der Jagdruf eines Berserkers.

Ich floh in den Wald, pflügte mit Weide auf den Armen
durch das Unterholz. Sie klammerte sich an mir fest.

»Bei Odins Atem«, brummte ich, als ich platschend in
einen Bach mit starker Strömung lief. Ich folgte dem
Wasserlauf bis zum Ende. Erst dann stellte ich Weide zu
Boden, um die Hände frei zu haben, falls uns die Grauen
folgten. Leif würde mit der kleinen Gruppe von Männern,
die das Dorf bewachten, nicht lange fackeln. Ich hoffte nur,
es würde mir gelingen, ihn zurückzurufen, wenn er mit dem
Töten fertig wäre. Ich hätte ihn nicht allein lassen sollen.

Weide lehnte sich an mich, die Züge starr vor stummem
Schrecken. Sie schrie nicht noch einmal auf.

Ich zog sie fester an mich. Als ich Leifs Geist ertastete,
fand ich rotglühende Raserei und Wahnsinn vor – die
verunreinigte Macht des Berserker-Fluchs.

Komm zu uns zurück, rief ich und schickte ihm einen
Eindruck dessen, was ich fühlte – den weichen, lieblichen,
zitternden Körper einer Frau an meinem. *Unsere Gefährtin
wartet.*

Keine Antwort. Er kämpfte sowohl gegen die Grauen als
auch gegen die Bestie und spuckte einen widerwärtigen
Mundvoll Draugr-Fleisch aus.

Weide erschlaffte in meinen Armen.

»Sie ... sie sind alle tot«, murmelte sie.

Dabei weinte sie, und ich wusste nicht, was ich sagen
sollte.

»Trauere nicht um sie.« Ich packte sie und fuhr mit
zornigem Ton fort. »Sie haben nah genug am Kloster gelebt,

um zu wissen, dass dich der Ordensbruder misshandelt hat. Trotzdem haben sie nichts unternommen.«

Ihr Mund öffnete und schloss sich. Kein Laut drang heraus.

»Sei dankbar, dass ihr Ende schnell über sie gekommen ist. Für uns wird es nicht so sein, wenn uns der Totenkönig einholt.«

Sie starrte mich an.

Komm schnell, rief ich nach Leif. *Ich kann das nicht allein.*

»Bei Odins Stab«, sprach ich laut aus. Als ich der Frau das Haar unbeholfen zurückstrich, beschmierte ich ihre Haut mit Blut. Ich fluchte wüst, bückte mich, wusch mir im Bach die Hand und wischte den Fleck weg.

Weide wirkte wie erstarrt.

»Alles gut«, sagte ich zu ihr. »Wir sind mit dem Leben davongekommen.«

»Ihr wart es«, stieß sie in entsetztem Flüsterton hervor. »Ihr habt das getan.«

»Weide, nein.«

»Ihr habt sie hergebracht. Bis ihr eingetroffen seid, ist es uns gut gegangen.«

Sie setzte sich gegen mich zur Wehr. Ich ließ es geschehen, stand regungslos da, während ihre winzigen Fäuste auf meine gepanzerte Brust einprasselten.

Schließlich fing ich ihre Handgelenke ab, bevor sie sich noch verletzte.

»Hör auf.« Ich knurrte. »Du denkst im Augenblick nicht klar. Wir sind gekommen, um euch zu retten.«

»Lügner. Sie sind alle tot. Ihr habt sie getötet ...«

»Der Totenkönig hat sie getötet. Er ist euretwegen gekommen. Verstehst du das nicht? Vor allem anderen begehrt er eure Magie, euer Fleisch. Das hier ...« Ich fuhr mit der Hand zwischen ihre Beine, legte sie auf ihre

Scham. »Das ruft ihn. Euer Geruch, wenn ihr brünstig seid.«

Bei meiner groben Berührung erstarrte sie. Mich selbst widerte es an, sie so zu behandeln. Ich zog die Hand zurück.

»Wir haben dich gerettet, Weide. Du und deine Gefährtinnen im Kloster wären inzwischen tot oder versklavt, wenn wir nicht gekommen wären. Wir versuchen, euch zu helfen.«

Sie schüttelte den Kopf. Ihre Lippen bewegten sich, protestierten stumm.

Ich schüttelte sie. Wenn sie wieder in Panik geriete und schrie, würde sie uns vielleicht die gesamte feindliche Streitkraft auf den Hals hetzen. Ich musste sie zur Vernunft bringen.

Brokk. Das reicht. Gib sie mir. Leif trat aus den Schatten. In seinen Augen leuchtete noch die Magie der Bestie, aber er hatte sich in seine menschliche Gestalt zurückverwandelt.

Leif? Bist du sicher?

Als er knurrte, stieß Weide einen kurzen, spitzen Schrei aus. »Was ist das?«

»Das ist Leif«, antwortete ich und fuhr beruhigend mit den Händen über ihre dünnen Arme hinab. »Er ist aufgewühlt, weil du leidest.«

»Leif?« Sie zitterte. Mein Kriegerbruder kam näher. Seine Züge waren wieder menschlich und gutaussehend.

Ich ließ mein Bündel los und trat zurück. Zu meiner Überraschung rannte Weide von mir weg, warf die Arme um Leifs Schultern und drückte ihn.

Nach kurzem Zögern schloss auch er die Arme um sie. Man konnte noch Fellbüschel daran erkennen.

Leif ...

Ich weiß. Er verlagerte die Haltung, drückte ihr Gesicht

an seinen Hals, während sie weinte. Leif gab beruhigende, brummende Töne von sich, die mehr nach einem Tier als nach einem Menschen klangen. Aber als ich seinen Geist berührte, fand ich Sanftmut vor. Seine Raserei hatte sich zurückgezogen.

Sie beruhigt die Bestie, rutschte mir verdutzt heraus.

Leif nickte. *Zu einem hohen Preis. Der Totenkönig wird alles und jeden opfern, um seine vorgesehenen Bräute zurückzuholen.* Das Schniefen der Frau hatte sich gelegt, trotzdem behielt Leif die Hand an ihrem Kopf. »Du bist jetzt in Sicherheit«, sprach er laut aus. Zu mir fügte er gedanklich hinzu: *Lass uns gehen, bevor weitere Graue kommen.*

Ich stieg aus dem Bach und folgte meinem Kriegerbruder. Lautlos verschmolzen wir mit dem Wald.

10

LEIF

Mir gefällt nicht, wie blass unsere kleine Gefangene aussieht.

Wir hatten die Nacht damit verbracht, schwieriges Gelände zu durchqueren, und entfernten uns in nördlicher und östlicher Richtung vom Rudel und unserem Zuhause. Ich trug Weide, drückte sie mir an die Brust, als sie eindöste. In mir schlief auch die Bestie zufrieden. Weide hatte sie mit ihrem Duft und ihren vertrauensvollen Berührungen besänftigt.

Der Kopf der jungen Frau lehnte an meiner Schulter, während Brokk und ich unter dem stillen Mond liefen.

Sie hat keine Angst vor uns. Sie schläft, merkte Brokk an.

Sie ist erschöpft. Und sobald wir an einem sicheren Ort sind, haben wir ihr viel zu erzählen. Abgesehen von der Blässe wirkte sie gesund, wenn auch ein bisschen dünn. Ihre Arme und Beine wiesen von Arbeit gekräftigte Muskeln auf.

Sorgen wir dafür, dass sie eine anständige Mahlzeit in den Bauch bekommt, schlug Brokk vor. *Ich kenne einen Ort, an dem wir unterschlüpfen können. Er ist still und abgeschieden. Dort bleiben wir, bis wir die Alphas erreichen können.*

Sie werden unsere Rückkehr zum Berg erwarten.

Wenn wir nicht kommen, werden sie wissen, dass etwas nicht stimmt. Die Streitkräfte des Totenkönigs haben uns versprengt. Sie haben uns geschickt voneinander getrennt, damit sie es besser einzeln mit uns aufnehmen und eine der Bräute des Hexers nach der anderen zurückholen können.

Weide werden sie nicht bekommen, sagte ich mit knurrendem Unterton und drückte meine duftende Last fester an mich.

Sie werden sie nicht bekommen, pflichtete mir Brokk bei. Darin waren uns mein Kriegerbruder und ich einig. Er war schon immer wachsamer und sparsamer mit seinem Vertrauen gewesen. Aber auch er hatte gesehen, wie die Bestie auf ihre Anwesenheit reagierte.

Mein kleines Wunder. Sie hatte einige Sommersprossen im Gesicht. Ich wollte jede Einzelne davon küssen. Dafür würde Zeit sein, sobald wir sie in Sicherheit gebracht hätten. Ich musste nur noch Brokk davon überzeugen, sie zu akzeptieren.

Als wir zu einem Fluss gelangten, blieb ich am Ufer stehen. *Hier. Du bist größer. Trag du sie hinüber.*

Brokk schnaubte. Er überragte mich gerade mal um Haaresbreite, worüber wir oft scherzten.

Aber du bist stärker und hässlicher. Besser als Lastesel geeignet.

Wie du meinst. Ich watete hinein und hob die Frau höher. *Ich werde bei allem der Erste sein. Ich habe sie als Erster gefunden. Ich trage sie als Erster. Ich werde es als Erster mit ihr treiben.*

Brokk sah mich mit verzogenem Gesicht an und bleckte die Zähne.

Wir müssen sie erst mal verführen, sagte er, und ich ernüchterte.

*Glaubst du, sie ist genauso misshandelt worden wie die Frau,
auf die Rolf und Thorbjorn Anspruch erheben möchten?*

*Selbst wenn sie der eigentlichen Aufmerksamkeit des
Ordensbruders entgangen ist, wird sie unter der Bedrohung
gelitten haben*, meinte Brokk, und ich musste ihm recht
geben.

Und er ist jetzt tot?

*Mausetot. Thorbjorn hat es mir in dem Augenblick gemeldet,
als es passiert ist. Er hat den Ordensbruder niedergestreckt, bevor
die Grauen den Ort überrannt haben.*

Wir überquerten den Fluss und beeilten uns weiter. Es
brachte nichts, Zeit zu vergeuden, selbst wenn uns die
Grauen vielleicht nicht folgen konnten. Der Totenkönig
verfügte auch über andere Waffen.

Wir müssen sie betören, sagte ich nach einer Weile der
Stille. *Dafür sorgen, dass sie sich wohlfühlt.*

Du bist besser darin, Frauen zu umgarnen, erwiderte Brokk.
War ihm bewusst, dass aus seiner finsteren Miene ein
gewisses Maß an Schmerz sprach?

Wenn ich die Bestie beherrschen kann. Ich versuchte zu
scherzen, aber kein Berserker würde über ein so ernstes
Thema lachen. Wir alle hatten schon Kameraden sterben
gesehen, wenn die Bestien ihren Verstand verschlangen und
sie mit endloser Raserei erfüllten. Wenn ein Wolf die
Kontrolle verlor, musste ihn das Rudel von seinem Elend
erlösen.

Weide seufzte in meinen Armen. Es war kalt geworden –
zu kalt für den Spätsommer.

Ich verlagerte ihren Körper in meinen Armen. *Lass uns
raus aus dem Wind.*

Wir sind dem Unterschlupf schon nah. Brokk ging stetig
bergauf voraus, bis wir auf einen grasbewachsenen Hügel
hoch über den Bäumen gelangten. Man hatte den Wald

gerodet, um Platz für eine längst verlassene, verfallene Burg zu schaffen.

Der König dieses Landes hat seine Macht falsch eingeschätzt. Sein Feind hat ihn überwältigt, bevor er seine Festung fertigstellen konnte, und die Söldner haben einen Großteil davon eingerissen. Brokks Lippen verzogen sich zu einem verkniffenen Lächeln.

»Wann ist das passiert?«, fragte ich mit leiser Stimme, um Weide nicht zu wecken. Brokk und ich konnten uns zwar von Geist zu Geist miteinander verbinden und so Gedanken, Bilder und Eindrücke austauschen, aber er behielt gern auch Dinge für sich. Deshalb neigten wir dazu, die Verbindung nur in Notfällen zu verwenden. Außer an diesem Tag, da hatten wir sie eingesetzt, um Weide nicht zu beunruhigen.

»Vor ein paar Jahrzehnten. Ich bin mit Knut, Rolf und Thorbjorn losgezogen. Der gegnerische König hatte uns angeheuert.« Er zuckte mit den Schultern. »Ein unterhaltsamer Tag, an dem wir die Festung eingenommen und jeden Mann darin hingemetzelt haben. Der Einsatz war den Geldbeutel wert.« Wir erklommen den Hügel und traten hinaus auf einen Vorsprung, der einen weitläufigen, ruhigen See überblickte. Der Wind zauberte feine Wellen auf das bläulich-schwarze Wasser. »Hier haben wir eine Weile gestanden und Steine in den See geworfen.« Brokk zeigte hin.

»Wo war ich damals?«, fragte ich, obwohl ich es ahnte.

Brokk nahm sein Bündel ab und ging zur höchsten noch stehenden Mauer. Er schüttelte eine Bettrolle und ein Wolfsfell aus, bereitete damit eine weiche Liegestatt für die Frau. »Du hast Einsamkeit gesucht ... um deine Bestie zu bändigen.«

Ich legte unsere kleine Gefangene auf das behelfsmäßige Bett. Sie seufzte leise, wickelte sich in das Fell und schlief weiter. Die Ereignisse der Nacht – ihr Kampf, ihr Schrecken, die Tränen – hatten sie ausgelaugt. Ihre zierlichen Finger krallten sich in das Fell.

Ich stupste Brokk. »Vielleicht würde sie sich mit dem Wolf wohler fühlen.«

Brokk presste die Lippen zusammen. »Sie muss lernen, uns als Gefährten zu vertrauen.«

Jäh schaute ich auf. »Also akzeptierst du sie?«

Brokk brummte. Ich wachte über die Frau, während er ein Lager errichtete und ein Feuer anzündete. Er blieb auf Abstand und schaute nicht in unsere Richtung. Als das Feuer brannte, zog er sich aus, legte seine Kleidung zusammen, verstaute sie in seinem Bündel und verwandelte sich. Ein riesiger schwarzer Wolf mit braunen Einsprengseln trottete herüber und ließ sich in der Nähe der schlafenden Frau nieder. Sein massiger Leib und die Mauer schützten sie vor dem Wind.

Schmunzelnd stand ich auf, um mich um das Feuer zu kümmern.

11

BROKK

Unsere kleine Frau schlief mit der weichen Wange auf den Händen. Ich döste in der Nähe wie für einen Wolf üblich, unruhig und leicht. Dazwischen erhob ich mich regelmäßig, um mich in neuer Position niederzulassen. Leif brach zur Jagd auf. Da behielt ich die Augen offen, damit die Frau nicht erwachte und glaubte, ihr feiner Rotschopf von einem Verehrer hätte sie einem wilden Wolf überlassen.

Langsam kroch die Morgendämmerung über die Hügel, und die Vögel erwachten zwitschernd. Hunderte Weißflügel versammelten sich am Ufer des Sees, einen weiten Sprung und einen kurzen Lauf von der verfallenen Festung entfernt. Wäre ich nicht damit beschäftigt gewesen, meine neue Gefährtin zu bewachen, wäre ich losgegangen, um sie aufzuscheuchen. Ich hätte in Richtung ihrer schlagenden Flügel gebellt und versucht, einen als Frühstück zu fangen. Ein feiner Zeitvertreib für einen Morgen.

Neben mir schlief die zierliche Frau weiter, das Gesicht zu einem besorgten Ausdruck verkniffen. Ich legte den Kopf auf die Pfoten und seufzte.

Leif kehrte mit zwei bereits gehäuteten Kaninchen zurück. Als die Frau sich schließlich rührte, briet er seine Beute gerade. Mit einem Blick zu mir nahm er meinen Platz ein, während ich mich hinter eine niedrige Mauer zurückzog. Allerdings konnte ich mich nicht davon abhalten, darüber hinweg zu beobachten, wie sich ihre Brust im Schlaf hob und senkte.

Als Weide mit einem erschrockenen Aufschrei erwachte, kauerte sich Leif hin und beruhigte sie.

»Es ist alles gut.« Er streckte die Hände aus. »Ruhig, Mädchen. Du bist jetzt in Sicherheit.«

Sie leckte sich die Lippen. »Wo bin ich?«

»In einem vorübergehenden Lager. Wir bleiben hier für ein paar Nächte, bis wir sicher sein können, dass keine Gefahr mehr droht. Dann kehren wir zu unserem Zuhause zurück, wo du mit deinen Freundinnen wiedervereint wirst. Komm.« Er gab ihr einen Wink. »Setz dich ans Feuer. Hier musst du dich vor nichts fürchten.«

Gerade als er sie davon überzeugt hatte, sich aufzurappeln und ihm zu folgen, stieß ein Vogel einen Ruf aus. Sie wirbelte herum und sichtete mich.

»Ruhig, Weide«, redete Leif auf sie ein. Sein beschwichtigendes Murmeln verhinderte jedoch nicht, dass sie rückwärts davonkrabbelte, bis sie mit dem Rücken gegen die halb verfallene Mauer prallte. Zitternd presste sie sich gegen die grünlich-grauen Steine.

»Da ist ein Wolf«, flüsterte sie.

»Ich weiß. Er ist ein Freund. Sieh nur.« Er nickte mir zu, und ich streckte den Kopf um den Rand der Mauer herum.

Gefährtin, brummte der Wolf, als er ihren Duft aufschnappte. Beinah hätte ich sie mit gebleckten Zähnen angegrinst, besann mich jedoch rechtzeitig eines Besseren. Die schiefe Mauer konnte meine große Gestalt selbst in geduckter Haltung nicht völlig verbergen. Wenn ich mich aufrichtete, könnte ich ihr stehend das Kinn lecken, ohne mich dafür strecken zu müssen.

»Woher ist er gekommen?«

Leif schwieg kurz, während er überlegte, wie viel er ihr erzählen sollte. »Er hat uns von Anfang an begleitet. Keine Sorge. Er ist ganz zahm.«

Leif zwinkerte mir zu, ich schleuderte ihm einen finsteren Blick zurück. Grinsend kehrte der Krieger zur Zubereitung unserer Mahlzeit zurück. Weide blieb an die Mauer gepresst, hob jedoch das Wolfsfell auf und legte es sich um die Schultern. Ich schlich von der Mauer weg und nahm meinen Platz an der Seite des Kriegers ein.

Du garst sie zu sehr, ermahnte ich ihn, als das Kaninchenfleisch eine unappetitlich braune Farbe annahm.

»Wolltest du nicht Vögel am Ufer jagen?«, fragte mich Leif laut. Der Wolf hatte zugelassen, dass sich die Verbindung zwischen uns geöffnet hatte. Unsere Wolfsnatur zog es vor, sich miteinander zu verständigen, statt Gedanken für sich zu behalten.

Abgesehen davon fiel es mir schwerer, die Leitung geschlossen zu halten, wenn ich glücklich oder zufrieden war – oder vielleicht hielt ich sie dann lieber offen, weil es meine Freude zusätzlich steigerte, wenn ich sie mit meinem Kriegerbruder teilen konnte.

»Vögel jagen?«, fragte Weide.

»Hab nur mir Wolfie hier geredet.« Er zeigte auf mich, und ich stimmte ein leises Knurren an.

Wolfie?

Besser als hässlich. Leif fuhr fort. »Er wollte vorhin runter zum See gehen. Vielleicht könntest du ihn begleiten und Wasser holen.«

»Du redest mit ihm?« Weides Augen wurden groß, bis

sie die Hälfte ihres Gesichts einzunehmen schienen. Aber sie hatte sich von der Mauer gelöst. Ihr schwarzes Haar wehte im Wind. Am liebsten hätte ich mich zu ihren Füßen eingerollt.

»Natürlich. Er und ich sind schon lange Weggefährten. Nicht wahr, Wolfie?«

Ich ließ ein hohes Bellen vernehmen, so nah dran am Laut eines Hunds, wie ich es hinbekam.

Weide näherte sich einen Schritt und betrachtete die Überreste der Festung. »Ist Brokk hier?«

»Er wird bald zurück sein.« Leif grinste.

Das ist lächerlich, Leif. Sag ihr einfach, dass ich es bin.

Erst, wenn du dir als großes, pelziges Ungetüm ihr Vertrauen verdient hast. Hab ich dir schon mal gesagt, dass du als Wolf viel netter bist?

Ich zog die Lippen zurück und bleckte die Zähne mit einem lautlosen Knurren.

Auf jeden Fall sehe ich viel besser aus. Grinsend holte Leif meinen Anteil des Fleischs aus dem Feuer – noch halb roh – und warf mir den Brocken zu. Ich fing ihn mit dem Maul auf und schlenderte davon, um meine Mahlzeit zu verzehren, während ich den See und die Vögel betrachtete. Weide musste nicht mitansehen, wie ich Fleisch und Knochen in Stücke riss.

Ich zog den Kopf ein, um das gebratene Kaninchen nicht so deutlich zu riechen. Der Wolf bevorzugte das Fleisch roh. Aber zumindest schien der Bratenduft Weide von der Mauer wegzulocken. Ich stellte die Ohren auf, als sie sich näher zum Feuer wagte und sich neben Leif auf einen Stein setzte. Er wartete, bis sie sich niedergelassen hatte, bevor er ihr etwas vom Fleisch abschnitt.

»Hier.« Auch er setzte sich. »Probier das.«

Er hielt ihr das Stück hin und schnalzte missbilligend

mit der Zunge, als sie es mit den Fingern nehmen wollte. Sie errötete, als er sie aufforderte, den Mund zu öffnen und aus seiner Hand zu essen, wie ein Vögelchen. Aber ihr knurrender Magen bewog sie, ihre Verlegenheit zu überwinden. Um Leifs Lippen spielte ein inniges Lächeln, während er sie fütterte.

Siehst du, Brokk? Sie wird sich an uns gewöhnen. Und dann ...

Dann würden wir sie verführen, ihre Abwehr letztlich überwinden und Anspruch auf sie erheben. Zwischen uns dreien würde eine Paarungsbindung entstehen – zwei Monster in Menschengestalt und eine liebliche Frau mit der Macht, unseren Fluch zu brechen. Es schien beinah zu einfach zu sein.

Zu einfach? Wir haben über ein Jahrhundert auf sie gewartet und gegen die Bestie gekämpft.

Ich erwiderte nichts.

»Wie hast du dich mit einem Wolf angefreundet?«, fragte Weide.

»Er hat mir das Leben gerettet und ich ihm.« Leif hielt die Finte aufrecht. Das Spiel gefiel ihm. Aber Lügen in Wahrheit zu kleiden, gehörte zu den besonderen Gaben meines redegewandten Freunds.

Leif runzelte die Stirn, als er den Widerhall meines Gedankens aufschnappte.

Es wird nicht wie früher sein, Brokk. Das musst du mir glauben.

Ich erhob mich und trabte mit meinen Fleischknochen hinter die Mauer, damit ich ihn wild wie ein Tier zermalmen konnte.

Weide schaute mir nach.

AM SPÄTEN VORMITTAG juckte es mich, in den Wald zu laufen, aber der Wolf wollte in der Nähe seiner Gefährtin bleiben. Sie saß ein Stück entfernt, und da ich mich sehr ruhig verhielt, entspannte sie sich. Ihre Neugierde überwog ihre Angst.

»Du kannst ihn ruhig anfassen«, schlug Leif ihr vor. »Er ist harmlos. Sieh nur.« Er stand auf und kam zu mir. »Er lässt sich von mir streicheln.«

Wenn ich dir die Hand abbeiße, wächst sie nicht nach.

Du wirst mich nicht beißen. Leif fuhr mir mit der Hand über den Rücken. *Nicht, während sie zusieht.*

Ich ließ das Streicheln über mich ergehen. Zum Glück beschränkte sich mein Kriegerbruder auf eine kurze Berührung.

»Jetzt du, Weide«, lockte Leif sie herüber.

Ich hielt den Atem an, als sie sich näherte. Man konnte den Moment erkennen, in dem sie entschied, tapfer zu sein. Sie hielt inne, als wöge sie ihre Ängste ab, dann ging sie weiter, ließ dieselbe Entschlossenheit erkennen, die Leif bei unserer ersten Begegnung mit ihr bemerkt hatte. Kein Zögern.

Mit kleinen weißen Fingern streichelte sie meinen Rücken. Als ich mich unter ihrer Berührung entspannte, spürte ich ein inneres Schaudern. Meine Bestie regte sich, als sie erkannte, dass meine größte Sehnsucht bald gestillt werden würde. Ich legte den Kopf auf die Pfoten und schloss wohlig die Augen, während Weide meine Ohren kraulte.

»Siehst du?«, sagte Leif. »Das gefällt ihm.«

Weide streichelte mich weiter. Sie entspannte sich zunehmend, aber ihre Hände fühlten sich kalt an. Wenn ich mich in einen Mann zurückverwandelte, würde die Magie vielleicht ein Fell auf meinen Schultern zurücklassen. Ich würde ihr jedes Fell geben und mich so oft wie möglich hin und her verwandeln, bis ich ihr eine Liegestatt aus Wolfsfellen errichten könnte. Meine Gefährtin würde so gemütlich schlafen, wie sie es noch nie erlebt hatte.

Der Wolf stimmte ein zufriedenes Brummen an – gedämpft, um unsere scheue Beute nicht zu erschrecken. Mir gefiel die Vorstellung, dass mein Geruch Weide umgab.

GEGEN MITTAG SETZTE sie sich unmittelbar neben mich und roch überhaupt nicht mehr beunruhigt.

Leif fütterte sie. Einmal ging sie hinter eine Mauer, um sich zu erleichtern, aber als sie zurückkam, ließ sie sich wieder an meiner Seite nieder. Sie schien Trost bei mir zu finden – ein Wunder, das ich kaum glauben konnte.

Ich hab's dir ja gesagt. Leif klang selbstgefällig.

»Geht es meinen Freundinnen gut?«, fragte Weide händeringend. Mit einem leisen Winseln stupste ich sie, und sie streichelte meine Schnauze.

»Sie werden alle beschützt«, antwortete Leif mit einem Blick zu mir. Es war uns nicht gelungen, das Rudel über die Bindung zu erreichen. Zu viele Wegstunden Entfernung und zu viel dunkle Magie störten sogar die beträchtliche Macht der Alphas. »Aber nicht alle sind außer Gefahr. Wir wissen, dass die Grauen angegriffen haben.«

»Was sind die Grauen?«, fragte Weide.

»Diener des Totenkönigs, eines bösen Hexers, der die Welt seiner Herrschaft unterjochen will. Er bezieht Macht daraus, deine Art zu ehelichen und zu begatten.«

»Meine Art?«

»*Aye.* Du hast Magie im Blut. Du gehörst einer besonderen Rasse von Frauen an. Frauen mit einer Macht, die es euch ermöglicht ...« Er zögerte, sprach nicht weiter. Weides Blick war an Leif vorbei auf den See gerichtet.

»Magie«, hauchte sie. »Wie kann das sein?«

»Wir glauben, dass die Magie in euch schlummert, bis ihr heiratet.« Leif, der ewige Schönredner, brachte die Dinge so zum Ausdruck, dass Weise sie verstehen konnte.

Mein Wolf schnaubte. Wölfe heirateten nicht, sie paarten sich und blieben ein Leben lang zusammen. Eine Berserker-Bindung reichte tiefer als ein menschliches Gelübde. Sobald Weide von Geist zu Geist mit uns verbunden wäre, würden wir eins sein.

Die Bruderbindung, über die Leif und ich Macht teilten, ermöglichte es uns auch, eine Frau zu teilen. Ohne die Bindung wäre uns eine gemeinsame Frau unmöglich. Wir würden bis zum Tod um sie kämpfen und der Bestie erliegen, wären der Erlösung so nah und könnten sie doch nie erreichen.

»Ich glaube nicht an Magie.« Weide schlang die Arme um ihren zierlichen Körper.

»Was ist mit euren Göttern? Du hast an einem heiligen Ort unter frommen Menschen gelebt. Hast du nie ihre Macht bezeugt?«

»Nein.« Sie zog die Beine an die Brust, machte sich klein. »Ich habe gebetet und gebetet, aber es hat nie jemand geantwortet«, murmelte sie beinah wie zu sich selbst.

»Was ist mit Hexen und Sehern?«

»Der Ordensbruder spricht sich gegen sie aus.«

»Manche Menschen hassen, was sie nicht verstehen. Oder was sie nicht beherrschen können«, fügte Leif hinzu, und ausnahmsweise war ich dankbar für seine Wortgewandtheit. »Es gibt Böses, aber auch Gutes.«

Die Frau hob den Kopf. Ich stupste ihre Hand, bis sie mich wieder streichelte.

»Die Magie, die du besitzt, ist unterschwellig. Sie zeigt sich in einem Hang zu Kräutern und Heilkunde. Bestimmt besitzt du diese Gabe.«

»Wenn es auf der Welt solche Magie gibt, dann besitze ich sie nicht«, entgegnete sie. »Ich leide schon mein Leben lang an einer Krankheit.«

»Was für eine Krankheit ist das?«, fragte Leif.

Nach einem Blick zum Horizont, wo bald der Mond aufgehen würde, schüttelte sie den Kopf.

»Was, wenn ich dir beweisen könnte, dass es Magie gibt?«, sagte Leif.

Vorsicht. Ich versteifte den Körper. *Das ist kein Spiel.*

Sie ist stark. Lass uns ihr die Wahrheit sagen. Das schulden wir ihr.

Dann aber auf deine Verantwortung. Meine Worte schmeckten bitter. Seine Torheit würde nicht ihm auf den Kopf fallen, sondern mir. Immer mir.

Weide saß still und vertrauensvoll da, als ich in die Mitte des leeren Bergfrieds trabte. Hoch über uns schien die Sonne. Ich konnte jede Sommersprosse, jede dunkle Wimper auf Weides Wange sehen, als sie blinzelte.

Ich hoffe, das ist die richtige Entscheidung.

Leif schwieg. Er und ich betraten neue Gefilde. Wir hatten noch nie zuvor eine Gefährtin verführt. Aber wir bekamen unsere Beute immer.

Ich hob den Wolfskopf und verwandelte mich. Die Magie kroch vom Steißbein zum Hals und wieder zurück. Manchmal schmerzte es, diesmal nicht. Ein sanfter Wind blies durch die verfallene Festung, als ich mich streckte und aus der Wolfsgestalt aufrichtete.

Als ich als Mann dastand, nackt bis auf den Lendenschurz um meine Hüften und das Fell um meine Schultern, war die Frau zurück an die Mauer gewichen und kauerte dort. Sie zitterte, biss sich auf die Unterlippe und blinzelte Tränen weg.

»Ist schon gut«, sagte ich. Meine Stimme klang rau, da sich meine Kehle erst wieder daran erinnern musste, wie man menschliche Worte bildete.

Weides Verzweiflung sprach den dunkleren Teil meiner selbst an. Nicht den Wolf, nicht den Mann, sondern den tiefen Hunger der Bestie. Sie wollte erst die Feinde der Frau vernichten, dann die Frau selbst niederwerfen, Anspruch auf sie erheben, sie wissen lassen, dass sie für immer uns gehören würde.

»Brokk«, herrschte mich Leif an, und ich hielt auf dem Weg zu dem zerbrechlichen Wesen inne. Schließlich ging er zu ihr und tröstete sie, während ich davonschlich. Ich würde mich wieder in einen Wolf verwandeln und auf die Jagd gehen. Lieber wollte ich Beute hetzen, als in die Augen einer verängstigten Frau starren.

12

LEIF

»**W**eide, ganz ruhig. Alles ist gut. In uns steckt Magie, aber sie wird dir nicht schaden.« Zumindest nicht, wenn wir uns bald genug paarten, um die Bestie im Zaum zu halten.

Sie schüttelte den Kopf und blieb an die Mauer gepresst, die Arme um die Knie geschlungen. Mir widerstrebte zutiefst, derart blanken Kummer in ihrem Gesicht zu sehen. Sie hatte begonnen, uns ihr Vertrauen zu schenken, und ich hatte es gebrochen.

Den Rest des Nachmittags ließ ich sie in Ruhe. Sie blieb steif und schweigsam. Als sie zitterte, wollte sie mich nicht mal nah genug an sich heranlassen, um sie in ein Fell zu wickeln. Ich legte das Wolfsfell neben ihr ab, doch kaum hatte ich ihr den Rücken zugedreht, ergriff sie es und warf es weg. Als sie mich finster anstarrte, verkniff ich mir ein Grinsen. Ihr Zorn war mir wesentlich lieber als ihre Traurigkeit. Wenn sie zu Ende geschmollt hätte, würde ich eine neue Möglichkeit finden, sie zu umwerben.

Ich versuchte mehrmals, die Verbindung zum Rudel herzustellen, aber sie blieb schwach. Wir hatten uns sogar für den starken Ruf der Alphas zu weit entfernt. Oder der Totenkönig hatte einen Weg gefunden, unsere Bindung zu unterbrechen, wie wir es vermuteten.

Beim bloßen Gedanken an unseren mächtigen Feind stürmte die Bestie in mir vorwärts. Ich verbarg meine Hände, als meine Nägel länger wurden. Zähneknirschend wehrte ich mich gegen die Verwandlung.

Brokk. Du musst zurückkommen. Wir müssen die Bindung mit ihr bald eingehen. Ich versuchte, Kraft von meinem Kriegerbruder zu beziehen, wie ich es schon so viele Male getan hatte. Unter dem Vorwand, mich erleichtern zu müssen, trat ich hinter die Mauer und stemmte mich gegen die grünlich-grauen Steine. Mit einer Willensanstrengung zwang ich meinen Körper, menschlich zu bleiben. Wir hatten Weide an diesem Tag schon einmal Angst eingejagt. Ich betete, dass sie nie das Monster kennenlernen würde, zu dem wir werden konnten – die Berserker-Bestie.

Brokk. Bruder. Bitte.

Er sperrte mich weiter aus. Der Sonnenuntergang rückte näher, und ich traute meiner Selbstbeherrschung nicht.

Du darfst mich nicht mit ihr allein lassen, Brokk. Das ist nicht sicher. Verflucht sollte er dafür sein, dass er mich betteln ließ. Ich war von jeher der Schwächere von uns gewesen. Und es bereitete ihm Vergnügen, mich regelmäßig daran zu erinnern.

»Leif?«, rief Weide.

»Einen Moment«, rief ich zurück. Meine Stimme klang erstickt, meine Kehle fühlte sich wie zugeschnürt an. In meinem Schädel pochten Schmerzen vom Kampf gegen die Verwandlung. Letztlich jedoch erlangte ich die Kontrolle zurück und kam wieder hinter der Mauer hervor.

Weide war aufgestanden, hatte sich jedoch nicht von der Stelle gerührt. »Kann ich etwas Wasser haben?«

Ich rang mir ein Lächeln ab. »Natürlich, Mädchen. Wir gehen hinunter zum See.«

Sie kam an meine Seite. Bereits in der vergangenen Nacht hatte ich ihr meinen Armreif und die Leine abgenommen. So sehr ich ihren bezaubernden Hals bewunderte, mir fehlte der Anblick meines Silberreifs an ihm.

»Gib mir dein Wort, dass du nicht wegzurennen versuchst. Diese Wälder sind uns fremd. Ich weiß nicht, was hier lauern könnte.«

»Ich werde nicht wegrennen.«

»Wenn du es tust, lasse ich dich von Brokk bestrafen.«

Ihr Duft wurde schlagartig stärker, und mein Schritt reagierte auf den Geruch ihrer Erregung. Kurz verschwamm meine Sicht, aber die Bestie riss die Kontrolle nicht an sich. Sie beobachtete stattdessen, lauerte in den Schatten, neugierig auf das zarte, zerbrechliche Wesen, das mit gerunzelter Stirn zu mir aufschaute.

»Gefällt dir die Vorstellung einer Züchtigung?«

»Was? Nein!« Sie wich einen Schritt zurück.

Ich knurrte tief in der Kehle. »Lauf nicht vor mir weg, Weide. Ich würde dich jagen und ohne große Mühe fangen.« Ihr Duft wurde noch eindringlicher, die Sehnsucht einer *Holzmouwa*, die nur darauf wartete, dass ich Anspruch auf sie erhob. »Ich warne dich, Mädchen. Ich bin mehr Raubtier als Mensch. Aber wenn du tust, was ich sage, bist du in Sicherheit.«

Sie kaute auf den Lippen. Man konnte ihr die widersprüchlichen Gedanken am Gesicht ablesen. Ein Teil von ihr wollte fliehen, ein anderer nicht.

»Wir gehen zum See«, teilte ich ihr mit. »Du bleibst an meiner Seite und gehorchst. Oder willst du das Wagnis eingehen, den Grauen in die Arme zu laufen?« Eigentlich sollten sich die Schergen des Totenkönigs diesem Ort nicht nähern, dennoch mussten wir auf der Hut bleiben.

Schaudernd schüttelte Weide den Kopf. »Ich gebe dir mein Wort. Ich werde nicht weglaufen.«

»Dann komm mit.« Zuerst achtete sie nicht auf meine ausgestreckte Hand, also packte ich sie am Handgelenk.

Ihr Herzschlag beschleunigte sich bei meiner Berührung sprunghaft. Als ich sie führte, wurde meine Mannespracht bei jedem Schritt härter. Die Bestie wollte beanspruchen, beschützen, beherrschen. Weide lud zu allem davon ein. Ich konnte mir kein vollkommeneres Geschöpf vorstellen.

Ich brachte sie zu einem kleinen Bach, der den See speiste, damit sie reines, klares Wasser trinken konnte. Sie ging vor mir in die Hocke und bildete mit den Händen eine Schale. Daraus trank sie, bis ihre blassen Wangen unter dem wilden schwarzen Haar rosig anliefen. Auch ich stillte meinen Durst und behielt dabei wachsam die Umgebung im Auge. Meine Nase verriet mir, dass wir nach wie vor in Sicherheit waren, doch der Totenkönig verfügte über zahlreiche Waffen. Wenn er uns fände, könnte er einen Zauber wirken und uns überrumpeln.

Ein Fuchs spähte aus dem Gestrüpp zu uns. Ich bleckte die Zähne und ließ mein inneres Raubtier in meinen Augen aufblitzen. Das Tier ergriff die Flucht.

Weide beobachtete mich, als ich zwischen den Bäumen hindurch den schwarzen See betrachtete. Mein stolzer Wolf genoss ihre Aufmerksamkeit.

Als ich ihr zuzwinkerte, bildete sich eine kleine Falte zwischen ihren Augen. Meine mussten durch die Magie der Bestie golden leuchten.

»Bist du auch ...« Sie verstummte und leckte sich die Lippen.

»Ein Wolf?«, beendete ich den Satz für sie. »Ja, bin ich. Es ist eine lange Geschichte, aber ich fasse sie für dich kurz zusammen. Brokk und ich sind Krieger aus alten Zeiten. Wir haben in den Nordlanden für einen König gekämpft. Er hat eine Gruppe seiner besten Krieger zu einer Hexe geschickt, da er dachte, ihre Zauber würden uns noch mächtiger machen.« Kurz verstummte ich. Denn ich wollte nicht erklären, welcher Stolz, welches Hochgefühl mich damals beseelt hatte, weil ich zu den Besten der Besten auserkoren worden war. Oder das Grauen, als wir erwachten und spüren, wie sich die Bestie in uns rührte. Unsere Hände waren zu dem Zeitpunkt noch blutig vom ersten Gemetzel an Unschuldigen, und unser Laben war für immer verflucht.

»Haben ihre Zauber denn gewirkt?«

»Sie haben uns in der Tat sehr mächtig gemacht. Aber Macht hat immer ihren Preis.«

Ich ergriff wieder Weides Handgelenk, und wir spazierten um die Festung herum.

»Bist du ein Wikinger?«

»Ja.« Ich entdeckte einen Baum mit harten grünen Äpfeln und warf ihr einen zu. »Wir sind auf diese Insel gekommen, um sie für Harald Schönhaar zu erobern, und sind dann geblieben.«

Sie legte die Stirn in Falten. »Dieser König hat vor vielen Jahren geherrscht.«

»Vor über hundert. Unsere Lebensdauer ist stark verlängert. Eine Nebenwirkung des Umgangs mit Magie.«

Sie erbleichte wieder.

»Offenbar hast du schon von Harald Schönhaar gehört. Kennst du dich mit Geschichte aus?«

Steif nickte sie. »Einmal haben Mönche auf Wander-
schaft das Kloster besucht. Sie waren freundlich zu den
Waisenkindern und haben meinen Freundinnen und mir
ein paar Dinge beigebracht.«

»Erzähl mir von deinen Freundinnen.«

»Meinen Freundinnen?«

Ich nickte.

»Wir sind alle zu unterschiedlichen Zeiten und in unter-
schiedlichem Alter im Kloster gelandet. Meine engsten
Freundinnen sind Salbei, Lorbeer und Efeu. Engelwurz,
Ampfer und Rosalind auch, aber sie sind jünger.«

Ich biss in meinen Apfel. »Alles Waisen?«

»Einige sind zu uns gekommen, als ihre Eltern gestorben
sind. Andere stammen aus Familien mit zu vielen Kindern,
um sie alle zu ernähren. Ihre Eltern haben sie abgegeben –
das sind diejenigen, die nach Pflanzen benannt sind. Salbei
und ich sind als Säuglinge ins Kloster gekommen.« Sie
spielte mit ihrem Apfel und fügte mit leiser Stimme hinzu:
»Ich habe meine Mutter nie gekannt.«

Ich warf das Kerngehäuse meines Apfels weg. Brokk
und ich hatten unsere Familien vor so langer Zeit zurückgelassen, dass wir uns nicht mehr an sie erinnern konnten. Ich
konnte Weide nicht trösten, doch schon bald würde das
nicht mehr nötig sein. Dann würden Brokk und ich ihre
Familie sein.

»Ihr seid alle *Holzmouwas*.«

Die Falte zwischen ihren Brauen kehrte zurück. »Alle,
die im Kloster leben?«

»Vermutlich nicht alle der heiligen Frauen, aber mit
Sicherheit alle Waisen. Der Ordensbruder hat nur Waisen-
mädchen aufgenommen, richtig?«

Sie nickte.

»Ich würde mein Leben darauf verwetten. Ihr besitzt alle

eine natürliche Magie, eine Verbundenheit mit der Erde. Stellen manche von euch Kräutermischungen oder Tinkturen her? Arzneien, die euer Priester mit Argwohn betrachtet, weil sie immer zu wirken scheinen?«

»Ja«, antwortete sie. »Das tun wir alle, aber es gehört zu unseren Pflichten. Wir sind keine Hexen.«

»*Holzmouwas* sind keine richtigen Hexen. Eure Magie entspringt aus eurem tiefsten Inneren.«

Weide rang die Hände, während sie zu Boden starrte.

»Wir können nicht wissen, welche besonderen Fähigkeiten du besitzt. Aber du hast Zeit, es herauszufinden. Es gibt noch ein weiteres Zeichen, einen Hinweis darauf, dass eine *Holzmouwa* bereit ist, ihre volle Kraft zu entfalten.«

»Welches?«

»Die Paarungslust«, antwortete ich gedehnt und genoss ihren Gesichtsausdruck.

Röte flutete ihre Wangen. Es sollte mir keine solche Freude bereiten, sie aufzuziehen, aber sie reagierte so hübsch darauf.

»Davon weiß ich nichts.« Sie wirbelte herum und begann mit dem Aufstieg zurück zur Festung.

Als ich ihren Arm packte, wehrte sie sich. »Vorsicht, kleine Gefangene.« Ich tippte mir auf die Nase. »Wölfe können Lügen riechen.« Ich beugte mich näher zu ihr. »Und weißt du, was wir noch riechen können?«

Ihre tiefe Röte fand ich äußert einnehmend. Ich wollte das Bild schon an Brokk übermitteln, als mir einfiel, dass er mich ja immer noch aussperrte.

»Die Lust ermöglicht es dir, dich für immer an ein magisches Wesen zu binden. Deshalb sucht der Totenkönig so fieberhaft nach dir. Er will, dass du seine Braut wirst.«

Sie lachte. Es hörte sich zittrig an.

»Was ist, Weide?«

»Nichts.« Sie schüttelte den Kopf. »Bis vor einem Tag hatte ich noch kaum je mit einem Mann gesprochen. Und jetzt erzählst du mir, ein Magier will mich heiraten. Das ist unglaublich.«

»Warum?«, fragte ich. Und als sie nicht antwortete, fügte ich hinzu: »Der Magier ist nicht der Einzige, der dich aus diesem Grund sucht.«

Jäh hob sie den Kopf. »Du meinst ...«

»*Aye*, Weide. Du bist die perfekte Berserker-Braut.«

13

WEIDE

»Berserker?«, entfuhr es mir schrill. »Das seid ihr?«

»Ja.« Leif grinste, zeigte dabei weiße, spitze Zähne.

Ich zog die Hand von ihm zurück. »Ich soll also eure Braut werden.«

Er legte den Kopf schief und wirkte selbstgefällig. Am liebsten hätte ich ihm ins Gesicht geschlagen.

»Und wo sollen wir leben? Hier?« Ich deutete auf die Ruinen. Tatsächlich schien mir der Ort recht passend zu sein. Abgeschieden, verwildert. »Oder in einer Höhle im Wald?«

Leifs Züge wurden ernster. »Nein. Wir nehmen dich mit zum Berg, unserem Zuhause. Wir werden in der Nähe des restlichen Rudels in einer Hütte leben, die wir für dich bauen.« Seine Finger ergriffen eine Strähne meines Haars und klemmten sie hinter mein Ohr. Seine Stimme wurde einen Hauch sanfter. »Du gehörst uns, Weide, und vor allem anderen sorgen wir für unsere Gefährtin.«

Ich atmete tief durch. »Ich verstehe.« Wie hätte ich auch

widersprechen können? Jeden Augenblick erzählten sie mir
etwas Ungeheuerlicheres als davor.

Ich hatte mir den ganzen Tag lang überlegt, wie ich
flüchten könnte. Der beste Plan, der mir eingefallen war,
bestand darin, geduldig abzuwarten und mich mit den
beiden anzufreunden, bis sie unachtsamer wurden. Allerdings würde in dieser Nacht der Vollmond aufgehen. Was
sollte ich dann tun?

Leif schlich hinter mir her, als ich den Hügel zu der
verfallenen Burg erklomm. Mir sträubten sich die Nacken-
haare, als würde sich ein lautloses Raubtier an mich anpir-
schen. Was in gewisser Weise wohl auch zutraf.

Ich setzte mich an die halb eingestürzte Mauer, während
der Krieger das Feuer anzündete. Eigentlich sollte ich mich
nicht damit verwöhnen, ihn zu beobachten, trotzdem tat ich
es. Sein umwerfendes Gesicht zog meine Blicke magisch an.
Seine starken Hände gingen ihrer Arbeit schnell und selbst-
sicher nach. Unwillkürlich stellte ich mir vor, wie es wäre,
wenn sie meine Brüste streichelten. Und jeder seiner Blicke
in meine Richtung entfachte ein Feuer so heiß wie die
Flammen, die das Gestrüpp verzehrten, das er in der Mitte
des Bergfrieds gestapelt hatte.

Langsam ging der Mond auf, und mit ihm stieg meine
Beklommenheit. Bald würde mich die Brunst überkommen,
und ich würde einen neuen Gegner haben, gegen den ich
mich wehren musste – meine eigene Lust.

Ein Kribbeln überzog meine Haut. Leif stand hinter mir.
Sein Geruch wehte in meine Richtung. »Woran denkst du
gerade, Weide?« Sein Haar streifte meine Schulter, sein
Atem wärmte mein Ohr.

»An nichts.« Ich drehte den Rücken der untergehenden
Sonne zu. Leif stand so nah, dass wir uns beinah berührten.

Ich verschränkte die Hände hinter dem Rücken, damit sie der Versuchung nicht erliegen würden.

Er legte den Kopf schief. »Du hast noch nicht gegen mich angekämpft.«

»Sollte ich das?«

»Ich habe damit gerechnet, dass du dich dagegen verwehren würdest, unsere Gefährtin zu werden. Falls du Zweifel hast, werde ich mich bestmöglich bemühen, dich zu überzeugen.« Als er grinste, kamen seine Eckzähne zum Vorschein.

»Ich dachte ohnehin, der Ordensbruder hätte vor, uns an jeden beliebigen Mann zu verkaufen, der ihm genug bietet, um eine kostenlose Arbeitskraft an den Webstühlen oder in der Apotheke gehen zu lassen.« Schulterzuckend wählte ich die Worte so, dass ich nicht log und Leif gleichzeitig in dem Glauben ließ, ich hätte nicht vor, wegzurennen. »Alles, was man uns beigebracht hat, war eine Vorbereitung darauf, unser Schicksal zu akzeptieren. Das hier ist nicht anders.« Nur schlug mein Herz jedes Mal höher, wenn ich mich in Leifs oder Brokks unmittelbarer Nähe befand. Energie durchströmte mich dann knisternd, als würde sich meine Haut ihre Berührung herbeisehnen. Ich verschränkte die Arme vor der Brust. »Sogar der Ordensbruder selbst hat sich von uns manchmal genommen, was er wollte. Mich hat er zwar nie angefasst, aber er hat uns allen eingebläut, dass wir uns den Begierden eines Mannes hinzugeben haben.«

Leif bedachte mich mit einem finsteren Blick. »Wir sind überhaupt nicht wie der Ordensbruder. Wir werden dich weder zwingen, noch werden wir dich anfassen, bevor du bereit dazu bist. Dein Körper wird lodern, bis du aufschreist und um unsere Hände an dir bittest.«

Halb japsend, halb schluchzend wich ich zurück. Hatte er meine Gedanken gelesen?

Mit sanfterer Stimme fügte Leif hinzu: »Du wirst dich nicht unseren Begierden hingeben, sondern deinen eigenen.«

»Es ist falsch«, brachte ich heraus. »Ihr habt die falsche Frau. Ihr solltet mich zurückbringen.« Vielleicht könnte ich sie überreden, mich gehen zu lassen. Ich könnte einen Weg finden zu überleben, könnte irgendwo um Arbeit betteln. Ein neues Dorf finden und dort Magd werden, um mir den Lebensunterhalt zu verdienen. »Ihr wollt mich nicht.«

Finger legten sich um meinen Arm und zogen an mir, bis ich mich ihm wieder von Angesicht zu Angesicht gegenübersah. Dagegen konnte ich mich nicht wehren, aber ich weigerte mich, seinem Blick zu begegnen.

»Weide«, murmelte er. »Du hast ja keine Ahnung, wie sehr wir dich wollen. Aber egal. Es wird uns eine Freude sein, es dir beizubringen. Nach jemandem wie dir suchen wir bereits, seit uns die Hexe verflucht hat.«

»Was?«

»Ein Teil von uns ist verdorben. Wir nennen diesen Teil die Bestie, und sie kämpft ständig darum, auszubrechen. Wenn es ihr gelänge, würde sie über diese Insel toben. Sie würde jedes Lebewesen töten und ein Ödland zurücklassen, ähnlich wie es der Totenkönig vorhat. Du bist die Einzige, die sich ihr in den Weg stellen kann. Die Einzige, die unsere Bestie zähmen kann.«

»Ich? Wie könnte ich das? Ich kenne meine Kräfte ja nicht mal.«

»Noch nicht, aber du wirst sie kennenlernen«, gab Leif zurück. »Es wird uns eine Ehre sein, dich dabei zu unterweisen.«

»Was ist mit meinen Schwestern aus dem Kloster? Was wird das Rudel ...«

Leif beobachtete mich geduldig.

»Nein.« Ich wich zurück.

»Es ist alles gut, Weide. Sie sind in Sicherheit. Sie werden mit meinen Freunden gepaart, die sie mit Sorgfalt behandeln werden.«

»Ihr müsst sie gehen lassen.« Meine Argumente würden ihn nicht umstimmen, trotzdem musste ich es zumindest versuchen. Salbei würde keine Braut werden wollen. Sie würde nicht einmal wollen, dass ein Mann sie anfasst. Ich wollte es eigentlich auch nicht, nur besaß mein Körper einen eigenen Willen.

»Ihnen wird kein Leid angetan«, beruhigte mich Leif.

»Du versteht das nicht. Es ist besser für uns, wenn wir von Männern abgeschottet sind.«

»Mögt ihr keine Männer?« Leif legte den Kopf schief. »Warum erfüllt dann dein Geruch die Luft so eindringlich?«

Die Schatten übertünchten meine Röte. »Bitte sprich nicht davon«, flüsterte ich.

»Hast du Angst, Kleines?« Leif legte die Stirn in Falten.

»Sie fürchtet sich nicht vor uns«, drang eine tiefe Stimme hinter der Mauer hervor. »Sie fürchtet sich vor sich selbst.«

14

BROKK

Ich kam um die verfallene Steinmauer herum, gebückt unter dem Gewicht des großen Bocks, den ich erlegt hatte. Die letzten Strahlen der schwindenden Sonne folgten mir, als ich zum Feuer trabte und meine Beute ablegte.

»Irgendwelcher Ärger bei der Jagd?«, fragte Leif.

Ich brummte verneinend. Den Nachmittag hatte ich damit verbracht, den Kadaver auszuweiden und vorzubereiten. Ich hatte ihn an einem hohen Ast aufgehängt, um ihn ausbluten zu lassen, während sich mein Wolf an den Innereien gütlich getan hatte. Der Bock würde uns eine Weile ernähren. Wenn ich das nächste Mal gehen wollte, würde ich mir eine neue Ausrede einfallen lassen müssen.

»Wir bereiten einen Festschmaus zu«, kündigte Leif mit leuchtenden Augen an. »Ich schneide Äste für Spieße zu«, fuhr er fort, zog seine Axt und sprang über die dem See am nächsten gelegene Mauer. Ein gewöhnlicher Mann würde den Sturz wohl nicht überleben, aber wenig später tauchte sein roter Schopf wieder auf und entfernte sich in die Richtung des Walds.

Feigling, rief ich ihm nach.

Jetzt bist du damit an der Reihe, sie zu umgarnen. Er hatte mir bereits vergeben, dass ich ihn so lange mit der Frau allein gelassen hatte.

Weide eilte zu der Mauer los, über die Leif gesprungen war, bremste jedoch ab, bevor sie mich passiert hätte. »Geht es ihm gut?«

»Ja. Mach dir um ihn keine Gedanken. Nicht viel vermag einen Berserker zu töten.« Über die Bindung hatte ich einen Teil ihrer Unterhaltung mitbekommen. Leif hatte seinen Geist für mich offen gelassen, als ob der Mistkerl gewusst hatte, dass ich nicht widerstehen konnte zu lauschen.

Ich machte mich daran, den Bock zum Braten vorzubereiten. Weide blieb zurück. Einen Moment dachte ich, sie würde vielleicht über die Ereignisse des Morgens sprechen. Aber sie schwieg.

Weißt du, Brokk, du kannst auch umgekehrt mit ihr reden, übermittelte mir Leif.

»Bei Odins Bart, bist du denn nie still?«

»Was?«, fragte Weide.

»Nichts.« Ich sollte besser selbst still sein, bevor ich unsere Gefangene verängstigte und wieder zum Weinen in Leifs Arme schickte. Die Erinnerung daran ließ meine Bewegungen ungestüm werden. Ich riss dem Bock die Beine ab, bevor mir klar wurde, dass ein gewöhnlicher Mann dazu nicht in der Lage wäre.

Weides Gesicht erbleichte unter den Sommersprossen, aber zumindest ergriff sie nicht die Flucht.

»Tut mir leid«, murmelte ich und brachte mich so in Stellung, dass sie meine Arbeit nicht sehen konnte.

Vorsichtig rückte sie näher. Hin und her, hin und her. Dabei fachte sie das schwindende Lagerfeuer an. Nachdem sie damit fertig war, klopfte sie sich die Hände ab und stellte sich näher zu mir, als ich erwartet hätte.

Mir widerstrebte zutiefst, wie sehr sie mich damit erregte.

»Du bist lange weg gewesen«, merkte sie an.

Ich grunzte.

»Das ist ein großer Bock«, fügte sie nach einer Weile hinzu. »Bleiben wir lange hier?«

»Lang genug. Wir können die Grauen zwar töten, aber es sind viele, und wir wollen deine Sicherheit nicht gefährden. Leif hat dir die Wahrheit gesagt. Wir haben viele Jahre gesucht, um Frauen zu finden, die unseren Fluch durchbrechen können. Wir werden dein Leben nicht aufs Spiel setzen. Das ist das erste Mal, dass wir so vielen Grauen auf einem Haufen begegnet sind.«

»Der Totenkönig.« Leif kehrte mit dem entasteten Stamm eines Jungbaums zurück. »Er sammelt *Holzmouwas*.«

»Er sammelt uns?«

»Ja.« Ich bedachte Weide mit einem strengen Blick. »Er jagt euch noch immer. Deshalb ist es wichtig, dass du nah bei uns bleibst und auf jedes Wort hörst, das wir dir sagen.«

Weide schluckte und blieb neben uns, während wir den Bock zerteilten.

»Warum sollte er uns wollen?«

»Er nährt seine Magie mit dem Blut von *Holzmouwas*«, sagte ich.

Brokk, warnte mich Leif. »Du besitzt Magie, Weide. Du gehörst einer besonderen Art an.«

»Glaubst du uns?«, fragte ich.

Weide schüttelte den Kopf. »Ihr seid die Ersten, die mir das sagen.«

»Es ist wahr, Weide«, betonte Leif. »Du bist als Säugling in das Kloster gekommen ...«

»Weil mich meine Mutter nicht haben wollte ...«

»Das stimmt nicht«, sagte ich scharf dazwischen. »Ich wette, die Grauen haben ihr magisches Blut gewittert, sie entführt und dich zum Aufwachsen im Kloster abgegeben.«

Ich wusste, dass ich das Falsche gesagt hatte, als Weide noch blasser wurde.

»Meine Mutter«, flüsterte sie.

Zu spät fiel mir ein, was sie im Dorf gesehen hatte. Ihre Züge zogen sich zusammen, und sie wandte sich ab.

Warum sagst du so was?, fragte Leif und eilte an ihre Seite.

Ich schaute finster drein.

»Komm her, Mädchen. Ist schon gut. Alles ist gut.«

»Nein.« Sie wischte sich die Augen ab. »Ihr belügt mich. Ich werde nicht auf euch hören.« Damit rannte sie aus der Burgruine.

»Geh zu ihr.« Leif ballte die Hände an den Seiten zu Fäusten. Dunkles Fell wuchs an seinen Armen. Seine Augen leuchteten. Die Bestie lauerte zu nah, als dass er hinter ihr her konnte.

Ich zögerte trotzdem. »Ich? Was kann ich schon tun?«

»Benutz Worte. Beruhig Sie.«

Ich schüttelte den Kopf. Schließlich hatte ich keine Ahnung, wie man sich lieb und einfühlsam verhielt. Ich war ein Krieger. Wie man eine Frau umwarb, davon verstand ich nichts. Allerdings wollte ich alles tun, damit sie zu weinen aufhörte.

Weide saß dem See zugewandt auf einer niedrigen Mauer am Rande des Bergfrieds. Sie trug das Fell um die Schultern, hatte sich darin eingewickelt. Die Geste gab mir Hoffnung.

Ich ließ mich ein Stück von ihr entfernt auf der Mauer nieder.

»Es tut mir leid. Ich sage oder tue oft das Falsche. Man nennt mich Steingesicht«, gestand ich. »Im Kampf bin ich wie ein Fels, aber ich habe eine tollpatschige Zunge.«

Sie lächelte ein wenig, obwohl es freudlos wirkte.

»Das ist alles so viel.« Sie wischte sich über die Augen.

Ich seufzte schwer.

Rück zu ihr, drängte mich Leif. *Leg den Arm um sie.*

Raus aus meinem Kopf, forderte ich ihn auf, jedoch ohne Groll.

»Komm her zu mir«, verlangte ich von ihr und streckte ihr eine Hand entgegen. Zuerst zierte sie sich. Ich beobachtete, wie sie auf der Unterlippe kaute, bevor sie sich entschied. Dann hob sie die Röcke an und kam meiner Aufforderung nach.

Ich wartete nicht, bis sie protestieren konnte. Ich zog sie in meine Arme und drückte ihren Kopf an meine Brust. Bibbernd hielt sie still. Mit einem leisen Seufzen entspannte Weide den weichen Körper an mir. Ich wartete eine glückselige Minute, atmete dabei den süßen Duft ihres Haars ein. Unsere Herzen schlugen wie in einem Takt.

»Ich bin kein freundlicher Mann«, gestand ich ihr. »Meine Worte sind wie stumpfe Messer. Ich bin nicht so schlau wie Leif. Aber eins kann ich dir sagen, Weide.« Ich verlagerte das Gewicht und zog ihr Haar zurück, damit ich die Hand auf ihren Hals legen konnte. »Hätte ich von dem Tag gewusst, an dem dich die Grauen deiner Mutter weggenommen haben, ich hätte schon damals über dich gewacht. Von heute an sind deine Feinde auch meine Feinde – und nichts kann gegen einen Berserker bestehen.«

15

LEIF

Der üppige Wildbraten, den wir zum Abendessen hatten, trug viel dazu bei, die Stimmung zu heben. Weide verhielt sich still, fädelte die Finger ineinander oder zupfte an dem Fell, das sie um die Schultern trug. Dennoch schien sie sich nach allem, was sie durchgemacht hatte, mit ihrer Gefangenschaft abzufinden.

Als sie nur mit ihrer Mahlzeit herumspielte, schüttelte Brokk den Kopf.

»Du musst mehr essen«, befahl er, spießte ein weiteres Stück für sie auf und wachte mit vor der Brust verschränkten Armen darüber, dass sie es auch schluckte. Ich verbarg mein Grinsen. Die zwei kamen sich nach und nach näher. Es spielte keine Rolle, dass Brokk bärbeißig und gebieterisch auftrat. Weide fasste allmählich Vertrauen.

»Nimm eine Zwiebel.« Ich spießte eine auf und reichte sie ihr an der Spitze des Messers. Wir hatten ein paar wilde Zwiebeln gefunden und in der Glut geröstet.

»Ich bin satt«, murmelte sie. Aber als ich die Zwiebel vor ihr schüttelte, nahm Weide sie ohne weiteren Widerspruch und kaute sie.

»Gut, Mädchen. Wir werden dich im Nu aufgepäppelt haben.«

Sie verdrehte die Augen, aber während Brokk und ich uns weiter an dem Fleisch labten, streckte sie sich auf den Fellen aus, legte eine Hand auf den Bauch und seufzte wohlig. Mein Wolf freute sich darüber – unsere Gefährtin schien zufrieden zu sein.

»Heute Nacht ist Vollmond«, merkte Brokk an.

Mit einem Ruck richtete sich Weide auf und sprang auf die Beine. Erschrocken richteten auch Brokk und ich uns auf, weil wir Gefahr vermuteten.

»Was ist, Mädchen?«

»Der M-Mond«, stammelte sie. »Ich muss ... Ihr müsst weg von mir bleiben.«

Ich runzelte die Stirn. »Warum? Was passiert gerade?«

»Das Fieber ... Es überkommt mich. Ich weiß nicht, was es ist«, gestand sie. »Ich habe schon viele Male um Erlösung davon gebetet.«

»Was sind die Anzeichen dieses Fiebers?«, wollte Brokk wissen. Er und ich hatten denselben Gedanken.

»Bitte zwingt mich nicht, es euch zu sagen.«

Ich stimmte ein leises, nicht gegen sie gerichtetes Knurren an. Mein Wolf wurde unruhig, witterte ihre Furcht, und das erregte die Bestie.

Bleib ruhig, Bruder. Brokk öffnete seinen Geist für mich, um seine Stärke mit mir zu teilen. Laut sprach er aus: »Erzähl uns davon, Weide.«

Wir warteten. Als von der Frau nichts kam, fügte er hinzu: »Erzähl uns von dieser Brunst, die dich überkommt. Spürst du sie in der Brust und im Schritt?«

Ich brauchte kein helles Licht, um die Röte zu sehen, die sich über ihr Gesicht ausbreitete.

Sie nickte.

»Das ist keine Krankheit. Dir und jeder anderen Frau, die daran leidet, fehlt nichts. Die Brunst ist einer der Gründe, warum du dich als Berserker-Braut eignest. Dein Geruch ruft uns«, erklärte Brokk. »Für die Bestie ist er zugleich erregend und beruhigend. Gib dich uns hin, dann geht es dir gut.«

Sie schüttelte verneinend den Kopf.

»Doch.« Brokk trat hinter sie, versperrte ihr den Fluchtweg, falls sie aus dem Bergfried davonrennen wollte. »Wir können dein Fieber heilen.«

»Wie?«

»Wir besorgen es dir, bis du nicht mehr laufen kannst.«

Weide erstarrte.

Ich schleuderte Brokk einen wilden Blick zu. *Haben wir nicht entschieden, dass Erklärungen besser ich übernehmen sollte?*

Ich sage die Wahrheit.

Die Wahrheit sollte besser von einer redegewandten Zunge kommen.

Ich räusperte mich. »Hab keine Angst, Mädchen. Wir haben gelobt, dich nicht anzufassen, bis du bereit dafür bist.« *Und daran halten wir uns.*

Brokk nickte.

»Was Brokk dir zu sagen versucht, Mädchen, ist: Was immer du brauchst, wir geben es dir. Wie möchtest du, dass wir dir helfen? Wir werden tun, was wir können, um dein Leiden zu lindern. Wir sind deine Gefährten. Wir kümmern uns um jedes deiner Bedürfnisse.« *Siehst du, Brokk? Freundliche Worte. Sanfter Ton.*

»Ich brauche nichts von euch«, sagte sie, mit einem Anflug jener Feurigkeit, die mir ursprünglich an ihr aufgefallen war. Weide behielt diesen Kampfgeist tief in sich vergraben, doch er war vorhanden. Als sie zurückschaute und bemerkte, dass Brokk ihr den Fluchtweg versperrte, mischte sich Verzweiflung in ihren Duft.

»Ach nein? Was ist mit dem Totenkönig? Glaubst du, er wäre in der Lage, dem Geruch deiner süßen Pflaume zu widerstehen? Deine Brunst spricht ihn ebenso sehr an wie uns.«

»Ich gebe ihm eine Woche, um dich zu finden«, brummte Brokk.

Weides Züge zogen sich gequält zusammen. Ich sehnte mich danach, sie zu trösten, aber wir mussten ihr die Lage begreiflich machen. »Wir werden nicht zulassen, dass er dich bekommt. Du gehörst uns, und zwar uns allein. Aber es wird der Tag kommen, da wird dein Brunst zu viel, um sie zu ertragen, und dann wirst du uns anflehen, dir Linderung zu verschaffen. Das musst du.«

Sie schüttelte den Kopf und ballte die Hände zu Fäusten. »Ich hasse das«, flüsterte sie so leise, dass wir es kaum hören konnten. »Ich hasse es. Ich hasse mich selbst.«

»Komme her, Weide«, forderte Brokk sie auf. Zu meiner Überraschung ging sie zu ihm. Er nahm ihr Kinn zwischen zwei Finger. »Du bist unsere Gefährtin. Ich weiß, du glaubst es noch nicht, aber schon bald wirst du es tief in deinem Innersten wissen. Und wir werden für dich sorgen.« Jedes Wort drang wie ein Befehl über seine Lippen, und Weide entspannte sich weiter. Ihr Blick wurde verschleiert. »Sag mir, dass du verstehst.«

»Ich verstehe«, hauchte sie. Ihr Körper, ihr unterwürfiges Wesen sprach auf Brokks gebieterische Art an, auch wenn ihr Verstand sich dagegen wehrte. Seine Hand legte sich auf ihren Nacken, die Finger schlossen sich um den zierlichen Hals. Die Anspannung floss aus ihren Schultern ab, ihre Atmung wurde gleichmäßiger.

Meine Mannespracht pulsierte in meiner Hose. Ich

atmete tief ein, füllte mir die Lunge mit ihrem berauschenden Duft.

»Gut.« Brokk schnurrte beinah. »Wenn die Brunst über dich kommt, bist du in Sicherheit. Wir wachen über dich und sorgen dafür, dass nichts geschieht.«

»Aber ...«, rutschte ihr heraus, bevor sie jäh verstummte.

»Was ist?«

Sie ließ den Kopf hängen. »Was ich dann tue ... wie ich mich benehme ... ist unschicklich.«

Er hob ihr Kinn an. »Wir sind deine Gefährten. Vor uns brauchst du dich nicht zu verstecken.«

16

WEIDE

Ich setzte mich auf die Mauer, schlang die Arme um die Knie und drehte mich dem Mond zu. Das tröstliche Gewicht des Wolfsfells ruhte auf meinen Schultern. Hinter mir saßen die beiden Männer am Feuer und unterhielten sich. Sie sprachen vom Jagen, vom Fallenlegen und von den zahlreichen Vögeln, die in der Nähe des Sees nisteten. Gelegentlich verstummten sie. Dann kribbelte mein Rücken, als ich spürte, dass sie mich beobachteten. Ich war dankbar, dass sie Abstand hielten. Es wäre mir nicht gut bekommen, wenn sie sich mir genähert hätten. Ich konnte es nicht gebrauchen, ihre Gegenwart noch deutlicher zu spüren. Meine Gedanken kreisten dennoch endlos um sie.

Was konnte ich tun? Sehnsüchtiges Verlangen erfüllte meinen Körper – er war feucht und bereit. Bald würde mich der Mond in seine Umarmung ziehen. Die Brunst würde mich überwältigen, und alle Vernunft würde mich verlassen.

Ich musste mich davonschleichen. Nicht weit weg. Ich war nicht so dumm, einen Fluchtversuch zu unternehmen und das Wagnis einzugehen, den Grauen in die Hände zu fallen. Aber für die Nacht musste ich mich irgendwo verstecken.

Schließlich stand ich auf und verkündete: »Ich bin bereit zum Schlafen.«

Die Krieger beobachteten, wie ich zu den Fellen ging. Entweder handelte es sich um eine Laune des Lichts, oder ihre Augen leuchteten tatsächlich im Mondschein.

Mit pulsierendem Körper legte ich mich hin. Bald würde mich die Brunst überkommen. Dann würde ich mich danach sehnen, das Fell wegzuschleudern und mir die Kleidung vom Leib zu reißen. Unablässig flocht ich einige Strähnen meines Haars, bis ich knirschende Schritte in der Nähe meines Kopfs hörte und mich zwang, still zu liegen.

Ein Teil von mir hoffte, sie würden sich in Wölfe verwandeln. Obwohl mir Brokks Verwandlung zuerst Angst eingejagt hatte, konnte ich nicht leugnen, dass mir seine Gegenwart in Wolfsgestalt mehr behagte. Die Magie war ... überraschend gewesen. Seit dem Verlassen des Klosters hatte ich so viele schreckliche Dinge gesehen, dass ich die Macht der Krieger beinah als tröstlich empfand. Sie sagten, sie würden mich beschützen, und aus irgendeinem Grund glaubte ich ihnen.

Abgesehen davon lächelte Brokk als Wolf mehr.

Ein großer Leib legte sich neben mich. Ich bemühte mich, den Körper nicht zu versteifen. Eine zweite Gestalt ließ sich auf meiner anderen Seite nieder. Sie hatten mich in der Falle.

Der Gedanke ließ mich zugleich bang und erregt werden.

»Ruhig, Mädchen«, murmelte Leif. »Heute Nacht beschützen wir dich.«

Keiner der beiden Krieger berührte mich. Auch sprachen sie danach nicht mehr. Ich ließ die Augen geschlossen, und nach einer Weile wurde ihre Atmung gleichmäßig.

Ich hielt es für klug, abzuwarten. Also verharrte ich, so lange ich es wagte. Eingerollt zwischen den beiden fühlte ich mich wie eine Larve in einem Kokon, wohlig, warm, geborgen. Zu Hause. Aber der Mond stieg mit jedem verstreichenden Augenblick höher. Mein Leib stimmte sich auf das Licht ein und erzitterte vor lüsterner Energie.

Je länger ich dalag, desto mehr steigerte sich unweiger-lich die Sehnsucht in meinen Brüsten und zwischen meinen Beinen. Der Moschusgeruch meiner Erregung trieb mir in die Nase, aber ich schämte mich nicht mehr dafür. Die Krieger hatten mich aus meinem Zuhause geholt und bestanden darauf, mich zu behalten. Also sollten sie ruhig leiden.

Ein Teil von mir wünschte, sie hätten diesen Eid nicht geleistet. Es wäre so einfach, mich nach rechts zu rollen und den Arm um eine breite Schulter zu legen. Meine Lippen würden die ihren suchen, meine zarte Haut würde sich am Schaben ihrer kurzen Bärte weiden. Sie waren groß und muskelbepackt. Ich sehnte mich nach dem Gewicht auf meiner zierlichen Gestalt, wollte davon niedergedrückt werden. Die Berührung würde zugleich befriedigend sein und mich um den Verstand bringen.

Ungebeten drang ein Japsen über meine Lippen. Ich ballte die Hände zu Fäusten und kämpfte dagegen an, mir zwischen die Beine zu fassen. Im Schuppen hatte ich mich immer angekettet, damit ich meine unteren Gefilde nicht erreichen konnte. Am nächsten Morgen hatte mich Salbei dann befreit, und ich hatte die roten Male an meinen Hand- und Fußgelenken unter einem langärmeligen Kittel versteckt.

Das Kloster lag so weit entfernt, so viele Wegstunden.

Meine Zeit dort kam mir beinah wie ein Traum vor, und die Gegenwart, in der ich zwischen zwei Kriegern lag, so wirklich. Ich hörte jeden Atemzug, spürte jedes Seufzen als Beben, das durch meinen Körper ging. Meine Sinne fühlten sich schärfer als je zuvor an. Die durch die Ereignisse der vergangenen Nacht am Vortag ausgebliebene Brunst stürzte sich zehnfach verstärkt auf mich.

Als ich nicht länger widerstehen konnte, stand ich auf und schlich mich davon. Ohne zurückzuschauen und mich zu vergewissern, ob die Krieger noch schliefen, kletterte ich über die Mauer und ließ mich auf das weiche, grüne Gras darunter fallen. Sollten sie ruhig aufwachen und mich jagen, wenn sie glaubten, es tun zu müssen. Ich musste zumindest versuchen, ein ungestörtes Plätzchen zu finden, und ich hatte dazu auch eine Idee.

Auf halbem Weg zu meinem Ziel nahm ich Bewegung hinter mir wahr. Die Krieger folgten mir. Lautlos. Glaubten sie etwa, ich wäre vom Mond eingelullt in einem Dämmerzustand gefangen? Vielleicht war ich das ja.

Ich schenkte ihren riesigen Schatten, die sich mir näherten, keine Beachtung. Sollten sie doch kommen. Sollten sie mir zusehen. Sollten sie mich wollen.

Unterwegs streifte ich die Kleidung ab, dann trat ich ans Ufer des Sees. Im Kloster hatte ich schwimmen gelernt, in dem kleinen Teich voller Schlamm und quakenden Fröschen. Die Frösche hatten mich dort nie gestört, wenn ich im warmen Wasser geschwelgt hatte, und die anderen Mädchen hielten sich von der Stelle fern.

In dieser Nacht lockte mich das Wasser. Der See lag wie die schwarze Schale einer Hellseherin vor mir. Der silbrige Mond spiegelte sich darin. Ich watete ins Wasser, bis es gegen meine Taille schwappte.

»Weide«, riefen die Krieger. Ich blieb stehen und hielt inne, bis sich die Wellen legten.

Das Wasser umfing meinen erhitzten Körper mit Kälte, die aus der Tiefe aufstieg. Der Mond erhellte einen Weg von mir zum Ufer, wo die Krieger standen. Ich zitterte. Mein Körper glich einem unreinen Gefäß. Wenn ich die Arme höbe, würde mich das Mondlicht dann reinwaschen?

Der Ordensbruder hatte sich immer gegen die alten Religionen, gegen die Frühlingsriten ausgesprochen. Dabei schlief eine Priesterin mit einem Mann, wobei der Krieger ein Geweih trug – die Göttin und der Gott in einer unheiligen Vereinigung. Der Ordensbruder hatte uns erklärt, das wäre falsch. Dennoch kehrten meine Gedanken immer wieder dahin zurück. In den Lenden spürte ich eine tiefsitzende Sehnsucht, eine Bereitschaft. Ich wünschte mir ein böses, ein verfluchtes Ritual. Was sagte das über mich aus?

»Weide, was machst du da?«

»Den Fluch bekämpfen«, rief ich über das Wasser zurück. Meine Zähne klapperten.

»Musst du denn dagegen kämpfen?«

»Ja, muss ich. Obwohl ich wünschte, es wäre anders.«

»Weide.« Brokk kauerte sich am Ufer hin. »Komm zu mir.«

»Nein.« Das Wort drang geradezu flehentlich von meinen Lippen, obwohl meine Füße dem Befehl des Kriegers gehorchten. Ganz gleich, wie grob und schrecklich er mir erscheinen mochte, ich konnte seinen Befehlen nicht widerstehen. »Bitte lass zu, dass ich mich verstecke. Ich werde die Kontrolle verlieren.« Ich weinte beinah.

»Nein, Kleines. Du musst loslassen. Gib dich uns hin. Gehorche, und wir sorgen für deine Sicherheit.« Als ich ihn erreichte, waren meine Tränen getrocknet. Das Wasser wich von meiner nackten Haut zurück, offenbarte alles. Leif stand noch in den Schatten. Er schnappte hörbar nach Luft, Brokk hingegen zuckte mit keiner Wimper.

»Wie lange leidest du schon unter dieser Brunst?«

»Seit ich zur Frau geworden bin, aber es wird schlimmer. Ich kann mich nicht zurückhalten. Ich kann nicht ...«

Er bedeutete mir zu schweigen und erhob sich.

Mir wurde bewusst, dass ich zitterte. Offenbar war ich nicht so gefeit gegen die nächtliche Kälte, wie ich gedacht hatte. Brokk zog sein Wams aus und legte es um mich. Ich nahm daran seinen männlichen Duft wahr und konnte die darin verbliebene Wärme seines Körpers fühlen. Der Geruch würde mich in den Wahnsinn treiben.

»Ich weiß nicht, was ich tun soll«, presste ich erstickt hervor. »Ich kann es nicht beherrschen. Der Totenkönig wird mich finden ...«

»Weide, möchtest du, dass wir dir helfen? Wirst du tun, was wir dir befehlen?«

»Ja. Ich tue alles, nur helft mir.«

»Du musst gehorchen. Das ist wichtig.« Sein Gesichtsausdruck wirkte angespannt. »Du darfst nicht gegen uns ankämpfen«, fügte er mit rauer Stimme hinzu. »Das ködert die Bestie, und unsere Kontrolle über sie hängt bereits an einem dünnen Faden. Versprich es mir.«

»Ich verspreche es.«

»Und du darfst dich nicht vor uns verstecken. Wir müssen jeden deiner Gedanken, jede deiner Ängste kennen, damit wir uns um dich kümmern können. Bist du einverstanden?«

»Ja. Bitte, ich habe solche Angst ...«

»Still«, sagte er und legte die Arme um mich.

»Schaffen wir sie zum Feuer.« Leif hielt sich im Hintergrund, und ausnahmsweise wirkte er so ernst wie Brokk, der mich zurück zur Festung trug. Er forderte mich auf, mich auf einen mit Fellen bedeckten Stein in der Nähe des Feuers zu setzen. Leif sorgte dafür, dass die Flammen genug Nahrung bekamen. Mehrmals ging er und kehrte mit mehr Holz zurück. Brokk blieb dicht bei mir, rieb meine Hände und strich mir das Haar zurück.

»Erzähl mir, was passiert.« Brokk schaute auf zum Mond, der nach wie vor hoch droben auf seinem Himmelsthron herrschte. »Wir müssen wissen, was uns erwartet.«

»Ich vergehe vor Verlangen.« Ich legte die Hand auf meine Brust. »Durch und durch. Mein Körper wird heiß. Dann muss ich eine Möglichkeit finden, ihn abzukühlen.«

»Dein Geruch wird sehr verlockend«, merkte Leif an.

Brokk schwenkte eine Hand, um seinen Freund zum Schweigen zu bringen. »Was noch, Weide?«

»Meine Brüste, meine Lenden ... alles schmerzt vor sehnsüchtigem Verlangen. Ich will, was ich nicht wollen sollte.«

»Warum wehrst du dich dagegen?«

Ich schüttelte den Kopf. »Weil es nicht richtig ist. Ich darf nicht zulassen, dass es mich beherrscht. Und dennoch ... gibt es Dinge, die ich will.«

Die Krieger wechselten einen Blick.

Ich wurde panisch. »Ihr dürft mich nicht anfassen. Das geht nicht.«

Brokk hob eine Hand, und ich verstummte. »Ich gebe dir mein Wort, Weide. Wir werden dich nicht anfassen. Nicht heute Nacht, nicht einmal, wenn du darum bettelst.«

»Danke.« Ich entspannte mich.

»Und jetzt« – er wich ein gutes Stück von dort zurück, wo ich saß – »spreiz die Beine.«

Ich erstarrte.

»Tu, was ich sage, und ich beschütze dich sogar vor dir selbst.«

Mein Herzschlag beschleunigte sich, doch ich konnte mich nicht weigern. Sein Wams reichte mir bis zur Mitte der Oberschenkel, doch als ich die Beine teilte, rutschte es höher. Sie würden meine feuchte Mitte sehen können. Meine Scham. Mir rutschte ein leises Schluchzen heraus.

»Berühr dich.«

»Was?«

»Leg die Hand zwischen die Schenkel, wie du es tun willst.« Er legte den Kopf schief. »Hast du dich noch nie selbst berührt?«

»Nein«, flüsterte ich. Das war verboten. Wenn der Ordensbruder junge Frauen oder Mädchen dabei erwischte, wie sie sich selbst berührten, sperrte er sie weg. Salbei und ich entgingen der Bestrafung nur, weil wir uns versteckten.

»Tu es, Weide«, verlangte Brokk. »Deine Entführer befehlen es dir.«

Mit halb angehaltenem Atem ließ ich die Hand über meiner pulsierenden Mitte schweben, doch ich konnte mich nicht überwinden, meine Scham zu berühren.

»Das ist falsch.« Ein Wimmern drang über meinen Lippen.

»Langsam, Liebes. Fang weiter oben an. Berühr dein Gesicht«, ergriff Leif das Wort. »Nur mit einem Finger. Fahr damit über deine Lippen. Sind sie weich?«

»Ja.«

»Jetzt weiter nach unten.« Brokks Stimme wurde tiefer. »Streich über deinen Hals abwärts bis über deine Brüste. Und jetzt dazwischen. Willst du deine Nippel anfassen?«

»Ja.«

»Das darfst du nicht. Du hast dafür keine Erlaubnis.«

Ich wimmerte. Der strenge Ton seiner Stimme ließ Säfte aus meinem Schoß fließen. Meine Brüste pochten, brüllten förmlich um Zuwendung. »Du wirst deine Brüste nicht anfassen, es sei denn auf unseren Befehl. Schon bald wirst du uns anflehen, sie zu verwöhnen.« Während er sprach, richteten sich meine Brustwarzen auf.

Wieder rutschte mir ein Wimmern heraus.

»Du wirst gehorchen, oder du wirst bestraft«, warnte mich Brokk. »Jetzt lass die Hand tiefer wandern, über deinen Bauch. Zwischen die Beine. Und ... halt. Was fühlst du?«

»Nässe«, antwortete ich. »Hitze.«

»Was du gerade berührst, gehört jetzt uns.« Brokks tiefe Stimme wurde zu einem Knurren. »Im Kloster hast du dich selbst gefesselt. Jetzt wirst du uns gehorchen, sonst fesseln wir dich. Hast du verstanden?«

»Ja.« Mein Herz schlug schneller. Ich spürte ein Kribbeln zwischen den Schenkeln.

»Streichle dich zart«, befahl Leif. »Nur mit hauchfeinen Berührungen der Finger.«

»Jetzt heb die Hand«, sagte Brokk, »und leck mit der Zunge daran.«

Zittrig tat ich, wie mir geheißen. Ich schmeckte leicht süßlich. Als ich es den beiden Kriegern mitteilte, stöhnten sie.

»Brav, Weide. Du machst das gut.« Brokk verlagerte ein wenig das Gewicht und rückte seine Hose zurecht. Nachdenklich runzelte er die Stirn. »Leg dich auf den Rücken.«

Ich bewegte mich wie in Trance und rutschte so zu Boden, dass mein Hintern auf dem Fell ruhte und mein Kopf auf dem Stein lag.

»Beine auseinander«, ordnete Brokk mit rauer Stimme an. »So, dass wir dich sehen können. Leg die Hand über deine Spalte.«

Schon der geringe Druck entlockte mir ein leises Seufzen.

»Du wirst das nur tun, wenn es dir befohlen wird, hast du verstanden?« Brokks strenger Ton ließ ein Kribbeln über meinen Körper hinauf und hinunter wandern.

»Ja«, hauchte ich. Obwohl mir die verbotene Handlung eigentlich Angst einjagen sollte, verspürte ich nur Erregung. Seine Anweisungen stärkten mich.

»Beine weiter auseinander«, befahl Brokk. »Noch weiter.«

Ich tat, wie mir geheißen, und fuhr mit der Hand die Umrisse meiner unteren Lippen nach.

»Spreiz dich. Zeig mir deine Nässe.«

Ich tat es, und jemand – vermutlich Leif – sog scharf die Luft ein.

»Wunderschön. Streichle dich weiter. Mit zwei Fingern.«

Meine Schamlippen pulsierten bei der zarten Berührung.

»Ich brauche ...«

»Still. Wir werden dir geben, was du brauchst.«

Es war alles zu viel – die Krieger, die mich anstarrten, die tiefsitzenden Begierden in meinem Herzen, der Lockruf des Monds. Meine Lust raste wie eine Flutwelle auf mich zu.

»Ich ...« Der Rest meiner Worte ging in einem Aufschrei unter.

Mein Bauch und mein Kreuz spannten sich an. Eine gewaltige Welle erfasste mich. Wärme breitete sich durch mich aus, Lichter blitzten hinter meinen Augen. Meine unteren Lippen erbebten unter meinen Fingern, meine Öffnung zog sich vor Leere zusammen und sehnte sich danach, ausgefüllt zu werden.

»Braves Mädchen«, lobte Brokk. Er war näher gerutscht. Seine Augen leuchteten. Wie gern hätte ich die Hand ausgestreckt und ihn berührt, um zu fühlen, ob seine Haut genauso sehr loderte wie meine.

»Bis zum Ende der Nacht wirst du gelernt haben, um Erlaubnis zu bitten, bevor du dir Vergnügen nimmst«, teilte mir Brokk mit. »Sonst wirst du bestraft.«

Wie benommen nickte ich.

»Gut.« Er räusperte sich. »Und jetzt berühr dich noch mal.«

17

BROKK

»S ie mag dich«, sagte Leif.

»Tut sie nicht.« Ich lehnte an der Mauer und beobachtete Weide beim Schlafen. Wir hatten ihr wieder und wieder befohlen, sich zum Höhepunkt zu bringen, hatten zugesehen, wie ihre Hände die Öffnung ihrer Scham bearbeitet hatten. Damit hatten wir sie ausgelaugt.

Nachdem sie eingeschlafen war, hatten wir uns zum Rand der Mauer begeben und uns ebenfalls Erleichterung verschafft. Keuchend hatten wir die Steine mit unserem Samen bespritzt.

»Dann vertraut sie dir eben«, lenkte Leif ein. »Sie gehorcht deinen Befehlen.«

»Sie ist mit strengen Regeln aufgewachsen. Einige Fesseln sind in ihrem Kopf verankert.«

»Dann müssen wir sie lösen, und zwar bald. Die Spitzel des Totenkönigs könnten uns jeden Moment finden. Aber wir müssen die Bindung mit ihr vollziehen, bevor wir nach Hause zurückkehren. Wir müssen Anspruch auf sie erheben, bevor wir sie dem Rudel vorstellen.« Leif legte die Stirn in Falten.

»Bist du dir so sicher, dass sie uns gehört? Vielleicht ist sie für jemand anderen bestimmt.« Natürlich hoffte mein Herz das nicht, aber es hatte mich schon früher verraten. Als ich das letzte Mal eine Frau geliebt hatte, da hatte es mit Schmerz geendet.

Kaum hatte ich die Worte ausgesprochen, wurde ich gegen den Stein gerammt. Leif brachte das Gesicht dicht vor meines und bleckte die Zähne. Sein Körper stand kurz davor, sich in die Bestie zu verwandeln.

»Sie *gehört* uns«, beharrte er mit knurrendem Unterton und grell leuchtenden Augen.

»Kontrolle«, herrschte ich ihn an. Der Befehl stammte aus meinem Geist. Er ließ Leif erstarren, bis sich die Bestie zurückzog und der Mensch zurückkehrte. Er trat von mir weg. Ich atmete schwer, weil es mich viel Überwindung kostete, ihn nicht anzugreifen.

»Entschuldige, Bruder.« Leif keuchte. Er wartete, bis ich knapp nickte, dann ging er davon.

Ich seufzte. Mein Kriegerbruder wehrte sich schon so lange gegen die Bestie, die um die Vorherrschaft kämpfte. Aber es ging nicht an, dass er den Kampf verlor, während wir unsere Gefährtin bei uns hatten. Leif wurde von Leidenschaft beherrscht. Ich hingegen hatte vor langer Zeit gelernt, mich vor Begierden zu hüten. Ich durfte mir nicht die geringsten Gefühle gestatten, obwohl die zierliche Frau, die in der Nähe schlief, beharrlich an meinem Herzen zerrte.

18

LEIF

Als ich von der Jagd zurückkehrte, war das Morgengrauen angebrochen.

Wir hatten noch Fleisch von der letzten Beute. Aber bis wir Weide dazu gebracht hätten, unseren Anspruch auf sie zu akzeptieren, würden wir noch froh sein, wenn wir nicht weg müssten, um Nahrung zu beschaffen.

Der Moschusgeruch ihrer Erregung hing auf dem Gelände der einstigen Burg noch in der Luft. Und die Erinnerung an ihre lustvollen Schreie ... Seit ihrer Höhepunkte im Schein des Vollmonds hatte ich bereits zweimal Hand an mich gelegt, und immer noch fühlte sich mein Prügel hart wie Stein an.

Ich legte das Bündel Kaninchen auf einem Stein zum Putzen ab und sah mich um.

»Wo ist sie?«, fragte ich Brokk.

»Im See. Ich höre sie plantschen – weit kann sie also nicht sein.«

»Du vertraust ihr mehr als ich.«

Er bedachte mich mit einem verschlagenen Blick. »Wenn sie nicht gehorcht, wird sie bestraft.«

Bei den Worten pochte meine Männlichkeit in der Hose. Brokk mochte sich streng geben, aber ich sah ihm das Verlangen an, das er so hartnäckig zu unterdrücken versuchte. Sollte er ruhig so tun, als hätte er keine Gefühle. Ich wusste, er wollte die Frau genauso sehr wie ich. Noch klammerte er sich an Vorsicht fest, doch schon bald würde er Weides Reizen nicht mehr widerstehen können.

Ich trottete zum See hinunter, dann blieb ich jäh stehen. Die Frau stand im Wasser wie eine auf mich wartende Nymphe. Ihr dunkles Haar bedeckte ihre Brüste. Die Augen hatte sie geschlossen, den Kopf in den Nacken gelegt. Ich lief am Ufer auf und ab, betrachtete sie aus verschiedenen Blickwinkeln, trotzdem brauchte ich eine Weile, um zu erkennen, dass sie die Hand zwischen den Beinen hatte.

»Mädchen!« Mein Ruf erschreckte die Vögel am Ufer.

Weide schaute ebenfalls erschrocken auf, und unverhofft ereilte sie ihr Höhepunkt. Sie zitterte am ganzen Leib, als sie versuchte, ihn zurückzuhalten, konnte jedoch nicht verhindern, dass sie überrascht quiekte.

Ich grinste breit. Sie hatte gegen eine Regel verstoßen. Gut, dass ich zur Stelle gewesen war, sonst wäre sie wohl nicht dabei ertappt worden – ihr Orgasmus hatte sich so leise vollzogen. Eines Tages würde ich mir den Spaß gönnen, sie aufzufordern, sich zurückzuhalten, während ich ihr den Höhepunkt aufzwingen würde. Und an jenem Tag würde es ihr nicht gelingen, ihre Schreie zu unterdrücken.

Ich hob die Hand und winkte ihr.

Sie kam herüber und hob ihr Untergewand an, die Augen niedergeschlagen. Aber sie wirkte nicht mehr verlegen über ihre Nacktheit. Ein gutes Zeichen. Unser Frauchen war liederlich, auch wenn es sie entsetzte.

Ich ergriff ihr Kinn und hob es an. »Was hat Brokk dir darüber gesagt, dir dein Vergnügen zu nehmen?«

»Er hat gesagt, ich soll es nicht tun«, murmelte sie. Ich spürte, dass sie sich für einen Kampf sammelte. »Ich soll damit auf euch warten.«

»Richtig«, antwortete ich. »Es ist ein Vorrecht deiner Gefährten, sich an deinem Vergnügen zu erfreuen.«

Sie ballte die Hände an den Seiten zu Fäusten. Halb hoffte ich, sie würde mich zu schlagen versuchen. Sie zu maßregeln, wäre herrlich.

»Ich habe eben erst entdeckt, wie ich mir selbst Vergnügen bereiten kann«, sagte sie. »Das werdet ihr mir nicht nehmen.«

»Als Brokk dir anfangs gesagt hat, du sollst dich anfassen, was hast du da empfunden?«

»Scham«, presste sie heraus.

»Und was empfindest du jetzt?« Sie hatte sich davongeschlichen und ihr Treiben vor uns versteckt. Wir durften nicht zulassen, dass sie in ihr Verhaltensmuster aus dem Kloster zurückverfiel – sich zu verstecken, weil sie fürchtete, es würde nicht akzeptiert werden. Tief in ihrem Innersten wollte sie als der Mensch geliebt werden, der sie war, samt Lust und allem Drum und Dran. Wir würden sie aus ihrer Gewohnheit der Angst und der Selbstverleugnung herauslocken. »Und? Was hat dich dazu gebracht, dich von Brokk und mir davonzustehlen und dich dort anzufassen, wo dich niemand dabei sehen konnte?«

»Scham«, flüsterte sie.

»Wenn du bei uns bist, solltest du nur Vergnügen empfinden.« Ich konnte nicht anders, als wie gebannt dem Verlauf eines Wassertropfens über die Wölbung ihrer Brust zu folgen. Weide schauderte, und ihr Geruch wurde verlangend.

Ich ließ sie nackt mit den Kleidern in den Armen vor mir zurück zum Bergfried laufen.

Brokk stand wartend da, die Arme vor der Brust verschränkt. »Du hast versucht, dich vor uns zu verstecken, Weide, obwohl du versprochen hast, es nicht zu tun.«

»Es tut mir leid.«

»Geh zur Mauer.« Er zeigte hin. »Lehn dich mit der Nase daran. Bleib dort und warte, bis wir über deine Bestrafung entschieden haben.«

Mit einem niedergeschlagenen Blick zu mir kam sie der Aufforderung nach. Brokk näherte sich ihr, um ihr ein Fell um die Schultern zu legen und ihr nasses Haar zurückzustreifen, damit es nicht ihre Haut kühlte.

Sie wiegte sich von Fuß zu Fuß, bis Brokk ihr einen scharfen Befehl erteilte. »Halt still.«

Sein harscher Ton ließ mich nach Luft schnappen. Aber wenig später verbreitete sich der Moschusgeruch ihrer Erregung in der alten Burg.

Sie spricht gut auf deine Befehle an.

Brokk brummte. Er lächelte zwar nicht, aber ein erfreuter Ausdruck spielte um seine Mundwinkel. Unsere Frau würde unsere Regeln erlernen und mit ihnen aufblühen. Wenn sie sich wohl bei uns fühlte und ihr Leben als *Holzmouwa* annahm, würden wir ihr volle Freiheit gewähren. Bis dahin würde sie darum betteln, unsere Gefangene bleiben zu dürfen.

»Wo sind die Lederriemen?«, fragte er mich, bevor er mir mitteilte, was er noch haben wollte. Sobald wir alles beisammen hatten, was wir brauchten, rief er sie zurück.

»Weide, komm her zu mir.« Er ließ ein Fell vor seine Füße fallen und zeigte darauf. »Knie dich hier hin.«

Als sie es tat, lehnte er sich vor und berührte ihren Rücken, bis sie ihn weiter durchwölbte. Dann schob er ihre Knie weiter auseinander, bis sie anmutig zur Schau gestellt vor ihm saß. Sein Gesichtsausdruck blieb streng und beängstigend. Weide aber schaute mit großen, vertrauensvollen Augen zu ihm auf und wartete auf seinen nächsten Befehl. Mein bestes Stück pulsierte vor Eifersucht.

Als Weide so kniete, wie er es wollte, belohnte Brokk sie mit einer sanften Berührung, indem er ihr die Hand auf die Wange legte.

»Bald kehren wir zum Rudel zurück. Du wirst uns begleiten. Wölfe leben nach strengen Regeln. Es gibt eine Rangordnung, die dafür sorgt, dass alles reibungslos läuft. Der Schwächere folgt immer dem Stärkeren.« Sein Finger strich eine dunkle Haarsträhne entlang, die sich über ihre Brust wölbte. »Und wer ist hier im Augenblick schwächer?«

»Ich«, antwortete Weide.

»Wem solltest du also gehorchen?«

»Dir.« Ihr Blick schnellte zu mir. »Und Leif.«

Brokk nahm ihr Kinn in die Hand, sicherte sich ihre Aufmerksamkeit. »Ich weiß, das ist alles neu, aber wir werden gemeinsam lernen. Vorerst wird dir das hier helfen.« Er hob die Bänder aus weichem Leder an, die wir vorbereitet hatten. »Steh auf«, sagte er. »Schließ die Augen.«

»Was ...«, setzte sie zu einer Frage an. Brokk kniff ihr so fest in die Nippel, dass sie nach Luft schnappte und zurückschreckte.

Ich richtete mich auf.

Nein, Leif, übermittelte mir Brokk, ohne mich anzusehen.

Weides Brust hob und senkte sich heftig, und ihre Augen wirkten größer als je zuvor. Wie gebannt starrte sie Brokk an.

»Du hast uns gebeten, dir zu helfen. Vertraust du mir?«

Sie nickte verhalten, doch es genügte, um mich zu entspannen.

»Dann tu, was ich dir sage«, murmelte Brokk.

Fasziniert beobachtete ich, wie sie in ihre ursprüngliche Haltung zurückkehrte und die Augen schloss.

Brokk streckte die Hand aus. Ich trat mit dem Rest der weichen Lederbänder vor. Zusammen würden wir unsere Braut so verschnüren, wie wir wollten.

Den ersten Riemen legten wir so unter ihren Brüsten an, dass er ihren schmalen Brustkorb umgab. Wir wickelten ihn kreuzweise nach oben, nach unten und wieder zurück, bis er ihren Busen stützte und ihn unseren Blicken entgegenhob. Ihre Nippel zeichneten sich als kleine, verhärtete, rosige Knospen an den blassen Erhebungen ab.

»Wunderschön«, murmelte Brokk.

Weide seufzte schaudernd.

»Ich rieche deine Erregung«, sagte ich zu ihr und fuhr mit einem Finger ihren Rücken hinab. »Das erfreut mich.« Eine Gänsehaut breitete sich über ihren Hintern aus, als ich ihn streichelte. »So glatt und weich.« Ich legte die Hand zwischen ihre Beine. Sie lehnte sich der Berührung entgegen und gab ein leises Geräusch tief aus der Kehle von sich.

Brokk räusperte sich. Ich trat zurück, nachdem ich sie kurz in den drallen Po gekniffen hatte. Er hatte die perfekten Ausmaße, um ihn mit meiner großen Hand zu streicheln oder zu klapsen. Mehr als alles andere wollte ich die fahle Haut zeichnen, sie röten.

Brokk überprüfte die um ihren nackten Oberkörper gewickelten Riemen, bevor er sich auf die Fersen zurücksetzte. »Was meinst du, Leif?«

»Sie ist allerliebst. Eine wunderschöne Rose«, befand ich. Mein Kriegerbruder hatte Mühe, nicht die Augen zu verdrehen. Weide glühte förmlich, ihre Wangen schillerten rosa. »So wunderschön, vor allem, wenn sie gehorcht. Und dennoch trotzt sie unseren Befehlen immer noch. Wir müssen unser Versprechen halten, sie anzuleiten. Eine Bestrafung wäre angebracht, findest du nicht auch?«

»Ja.« Brokk ergriff weitere Lederriemen. »Aber zuerst eine weitere Fesselung. Stell dich breitbeinig hin.« Er berührte Weide und half ihr, die Füße auf mehr als Schulterbreite auseinander zu bewegen. Diesmal wickelten wir die Riemen um jedes Bein und mehrfach um die Hüften, sodass ein Geschirr entstand, das ihren Liebeshügel umrahmte. Die letzten Streifen verliefen von der Mitte des Hüftgeschirrs zwischen ihren Beinen hindurch. Das weiche Leder drückte genau zwischen ihre drallen unteren Lippen, die vor feucht-klebriger Erregung glänzten. Weides Atmung beschleunigte sich. Mit zu Fäusten geballten Händen spannte sie die Oberschenkel an, als Brokk wieder und wieder über ihre empfindsame Stelle strich.

»Leg die Hände auf den Kopf«, ordnete Brokk an, und sie tat es. Durch diese Haltung wurden ihre Brüste herrlich angehoben.

Als Brokk fertig war, trug sie sowohl um die Hüften als auch um die Brust eine Art Geschirr, einen behelfsmäßigen Gurt, der sie einerseits davon abhalten würde, sich zu berühren, und der sie andererseits quälend reizen würde. Bei jeder Bewegung glitt das Leder an ihrem Schlitz entlang. Es wurde bereits dunkel und glitschig.

»Du kannst die Augen aufmachen und an dir hinabsehen, wenn du willst«, sagte Brokk.

Ihre Atmung ging noch schneller, als sie die Fesseln betrachtete. Ihre Lippen teilten sich, aber sie löste die Hände nicht vom Kopf. Weide blieb von den Riemen und unserem Willen gefesselt. Mein Schaft fühlte sich so hart an, dass ich alle Selbstbeherrschung aufbieten musste, um nicht auf die Knie zu fallen und mich auf den Boden zu ergießen.

Ich drängte ein Winseln zurück. Brokk behielt seine Begierden fest im Griff und überprüfte mit ernster Miene die Riemen. Weide lehnte sich ihm entgegen, hungerte nach Berührungen.

»Wie fühlst du dich?«, fragte er.

»Ich will mich anfassen, aber jetzt kann ich das nicht.«

»Das wird dich daran erinnern, wem du gehörst. Wer für dich und deine Sicherheit sorgt.«

Ihr Schultern entspannten sich.

»So, Mädchen.« Ich setzte mich auf einen Stein und winkte ihr. »Komm her. Dir steht Bestrafung bevor.«

Ich zog an den Lederfesseln. Weide stockte der Atem. »Deine Gefährten können dir Vergnügen bereiten, aber du selbst kannst es nicht. Wir fesseln dir die Hände, wenn du es noch einmal tust. Den ganzen Tag lang.«

»Auch, wenn wir zurück beim Rudel sind?«

»Auch dann. Denn es gilt als selbstverständlich, dass ein Berserker seine Gefährtin so ausbildet, wie er es möchte. Solange er sie wertschätzt und ihr kein Leid antut.«

Brokk nickte.

»Also.« Ich lenkte Weide über meine Beine und sorgte dafür, dass sie aus dem Gleichgewicht geriet. Ohne Mühe stützte ich ihren kleinen Körper. Mir gefiel, wie sich ihre zierlichen Finger an meine Beine klammerten. Meine Hände legten sich auf ihren Hintern. Die Fesseln ließen die Wölbung ihrer Pobacken frei.

»Einhundert auf jede Backe erscheint mir angemessen, oder?«

Weide entfuhr ein erschrockener Aufschrei, und Brokk lachte.

»Leif scherzt«, versicherte er ihr. »Obwohl wir nicht so nachsichtig sein werden, wenn du dich das nächste Mal berührst.«

»Ich versohle sie, bis die Pobacken so rosig wie Rosen-
blüten sind.« Damit drückte ich ihren Hintern, bevor ich
darauf schlug und beobachtete, wie Farbe an die Oberfläche
stieg. »Sollte nicht lange dauern. Vielleicht genießt sie es ja
sogar.« Ich legte die Hand zwischen ihre Beine. Und tatsächlich, sie wurde feucht und wand sich. Bei jedem bisschen
Gegenwehr ihrerseits rieben die Lederriemen zwischen
ihren Beinen.

Ich verstärkte die Kraft hinter meinen Schlägen,
überzog jedes Fleckchen ihrer entblößten Pobacken damit.
Im Nu schrie sie bei jedem klatschenden Treffer auf. Aber
ihr Schritt wurde zunehmend feuchter, und der Geruch
ihrer Erregung stieg immer dichter über ihr gerötetes
Hinterteil auf. Als ich aufhörte, bebte sie am Rand eines
Höhepunkts.

»Wirst du dich noch einmal ohne Erlaubnis anfassen?«

»Nein, nein«, beteuerte sie.

Ich brachte sie so in Stellung, dass ihr Liebeshügel an
meinem Knie rieb.

Sie schnappte nach Luft. »Bitte, bitte. Ich werde mich
nicht anfassen. Ich werde brav sein.«

»Brauchst du die Erlaubnis zu kommen?« Brokk kauerte
sich vor ihr hin und schob ihr das Haar aus dem Gesicht.
»Sei ehrlich.«

»Ich ...« Sie ließ den Kopf hängen. »Ich sollte das nicht
wollen.«

»Du bist brünstig«, erinnerte er sie. »Du hast Bedürfnisse. Es ist unsere Aufgabe, uns um sie zu kümmern.«

»Dann ja.« Sie ließ den Kopf hängen. »Ich will es.«

Brokk nickte mir zu. Ich drehte sie herum, hielt sie auf
meinem Schoß. Ihre Beine hakte ich außen neben meine
Knie. »Lass die Schenkel gespreizt«, flüsterte ich und knab-
berte an ihrem Ohrläppchen. Sie schmiegte sich an mich.

»Für deine erste Züchtigung hast du dich gut angestellt. Ich hoffe, dich noch viele, viele Male zu bestrafen. Ich glaube nämlich, es gefällt dir.«

»Nein«, hauchte sie. Ich legte die Hand zwischen ihre Beine. Das Leder fühlte sich schlüpfrig an. »Hast du mich gerade belogen?« Ich presste die Hand auf sie, rieb sie, ließ das Leder zwischen ihren Schamlippen vor und zurück gleiten. »Nein«, entfuhr es ihr spitz, bevor ihr ein Stöhnen den Atem verschlug.

»Lügen verdienen weitere Bestrafung«, sagte Brokk. »Hier.« Er trat mit zwei kleinen Bändern vor und wickelte sie um ihre Brustwarzen, nachdem er fest in sie gekniffen hatte. »Du musst immer ehrlich sein. Das hier wird dir helfen, dich daran zu erinnern.« Weides Atem ging in kurzen Stößen. Ihr Höhepunkt war nah.

»Und jetzt zum letzten Teil deiner Strafe.« Ich klatschte ihr so kräftig zwischen die Beine, dass ihre unteren Lippen erzitterten. Sie versteifte den Körper, schrie aber nicht auf. Ich wiederholte es. Diesmal schoss die Luft aus ihr heraus. Sie pflanzte die Füße auf den Boden, stemmte sich hoch und versuchte, so weit wie möglich zurückzuweichen. Mein Arm schlängelte sich um ihre Mitte und hielt sie gegen mich gedrückt. Ich rieb sie an meiner Erregung. Ihr weicher Hintern schmiegte sich daran, und ich stöhnte. »Schon bald werden wir dich nehmen«, kündigte ich ihr in rauem Flüsterton an. »Wir werden uns nicht zurückhalten können. Aber jetzt wirst du für uns kommen.« Ich schlug sie erneut und legte dann die Hand auf ihre pralle Liebesperle. Sie pulsierte unter meinen Fingern. Mit der Handfläche rieb ich über ihre schlüpfrige Haut, arbeitete die Riemen tiefer in das rosa Tal ihrer Falten. Dabei zog ich abwechselnd am Leder und drückte auf ihre erregte Erhebung.

Ihr Körper spannte sich an, wölbte sich wie ein Bogen.

»Nimm dir dein Vergnügen.« Meine glitschigen Finger zogen die Riemen so, dass sie neben ihrer empfindlichen Knospe verliefen und das kleine, pralle Knötchen umrahmten. Ich klatschte dreimal auf ihre Spalte, bis sie rosig und verlangend wurde. Dann strich ich mit dem Daumen so vorsichtig über ihre kleine, aufgerichtete Knospe wie über ein Blütenblatt. Weide stöhnte, ein Laut zwischen Folter und Ekstase.

»Leif ...«

Ich kniff in die winzige Knospe. »Jetzt, Mädchen.« Gedehntes Geheul entrang sich ihrer Kehle. Ihre Beine spannten sich an, ihre Hüften wogten pulsierend wie ihre leere Scham, als sie den Gipfel erklomm.

Ich schlang die Arme fest um sie, zerdrückte sie beinah. Während ich sie festhielt, bändigte ich mein eigenes loderndes Verlangen, um nicht an ihren lustvollen Schreien zu zerbrechen. Mein Prügel hatte sich unter ihrem zuckenden Hintern in Stein verwandelt. Ihre leidenschaftlichen Laute setzten sich fort. Während sie zuckte, perlte Schweiß zwischen den Riemen kreuz und quer über ihren Körper. Ihr Höhepunkt trug sie so weit, dass es lange dauern würde, bis sie wieder zu sich käme. Ich würde sie festhalten, so lange sie es brauchte. Für immer, wenn es nötig wäre.

»Schhh, Weide.« Brokk ragte über ihr auf. Er hielt ihr einen Wasserschlauch an die Lippen, und ich stützte sie, während sie trank. Sie war noch benommen vor Lust und vertraute darauf, dass wir sie beisammen hielten. Befriedigung erfüllte mich. Es hatte mir großes Vergnügen bereitet, sie aufzulösen.

»Wie war das?«, fragte Brokk und legte den Wasserschlauch beiseite.

Noch zu überwältigt zum Sprechen nickte sie.

Goldenes Licht schimmerte in den Augen meines Kriegerbruders.

Er rieb sich durch die Lederhose im Schritt. »Möchtest
du deinen Entführern für die Freundlichkeit danken, die sie
dir entgegenbringen?«

Wieder nickte sie, diesmal mit Begeisterung.

Da ist sie, übermittelte ich Brokk. *Die Unterwerfung, die
Sehnsucht danach.*

*Wir müssen aufpassen, dass wir sie nicht nehmen, wenn ihr
Geist so beeinträchtigt ist.*

Ich aber schnaubte abfällig. *Sie will es.* Ich ließ sie auf die
Knie nieder.

»Bist du sicher, Weide?« Brokk kam näher und stellte
sich vor uns hin.

»Bitte«, presste sie heraus und streckte sich nach ihm.

»Oh nein.« Ich packte ihre Hände, beförderte sie hinter
ihren Rücken und hielt sie dort fest. »Benutz nur den
Mund.«

Wieder stöhnte sie, und allein das Geräusch brachte
mich beinah zum Kommen.

Brokk packte seine Erregung aus, die genauso zornig
gerötet und prall wie meine aussah. »Nur Küsse«, forderte er
sie auf. »Sei zärtlich.«

»Keine Zähne«, fügte ich hinzu.

Aus Weides Kehle drang ein leises Stöhnen, die sinn-
lichsten Laute, die ich je gehört hatte. Ich strich ihr Haar
zurück, während sie Brokks harte Männlichkeit küsste und
daran leckte.

»Das ist ein Geschenk«, meinte er zu ihr. »Das darfst du
nur, wenn du uns erfreut hast.«

»Ich werde dir jeden Morgen und Abend ein Geschenk
unterbreiten, Mädchen.« Ich streichelte ihr Haar. »Denn ich
bin ein großzügiger Mann.«

Brokks Züge spannten sich an, als er darum kämpfte, sich nicht in ihren Mund zu ergießen.

Mit beeindruckender Selbstbeherrschung trat er einen Schritt zurück. »Du wirst noch lernen, mich in den Mund zu nehmen. Vorerst siehst du zu.« Er massierte sich vor ihr, bis er seinen Erguss auf den Boden verspritzte. »Meinen Samen hast du dir noch nicht verdient.«

Weide leckte sich die Lippen, und ich konnte mich nicht mehr zurückhalten. Ich packte eine Handvoll ihrer dunklen Haare und drehte mir ihr Gesicht zu.

»Ich bin dran.« Aber ich wollte ihre Hände haben. Ich blieb sitzen und ließ mich von ihr erkunden. Sie berührte meinen harten Schaft und die darunter baumelnden Hoden.

»Ach, Mädchen. Wir werden dich nie gehen lassen.«

Sie schenkte mir ein kurzes, scheues Lächeln. Mein Samen schien in den Hoden zu brodeln. Meine Zehen rollten sich ein. »Mädchen, du bist so brav gewesen, dass ich dir erlaube, ihn in den Mund zu nehmen.«

Weide nickte und stülpte die Lippen über die Eichel. Meine Hüften schossen hoch, doch ich bremste mich rechtzeitig und hielt mich davon ab, ihr Gesicht zu rammeln.

»Du hast ein dämonisches Mundwerk«, sagte ich zu ihr. »Vom Teufel gesegnet.«

Mit einem schmatzenden Laut ließ sie mich aus ihrem Mund flutschen. Das saugende Gefühl brachte mich zum Kommen. Blinzelnd saß sie da, während ich ihr ins Gesicht spritzte.

Dann wischte ich mit dem Daumen über ihre Wange und ließ sie ein wenig davon kosten.

»Das hast du gut gemacht.« Ich lächelte. »Ich denke, wir werden dich behalten.«

Brokk kam mit einem Tuch herbei und wischte ihr das

Gesicht ab. Behutsam band er sie los, wusch ihr den Schweiß vom feuchten Körper und massierte die von den Riemen hinterlassenen Male.

»Das hast du gut gemacht«, wiederholte er. Sie streckte sich nach ihm, aber er richtete sich auf und warf einen Blick in meine Richtung. »Leif wird sich um dich kümmern.«

Als er davonging, schaute sie ihm nach.

19

WEIDE

M eine Muskeln schmerzten, als Brokk aus dem Bergfried stapfte. Leif befeuchtete ein Fell und machte sich sauber, bevor er sein Gemächt wieder in der Hose verstaute. Ich ließ den Kopf abgewandt und blinzelte Tränen weg.

»Weide? Was ist, Mädchen?«

»Nichts.«

»Versteck dich nicht vor mir. Für Ehrlichkeit werden wir dich nicht bestrafen.«

»Ich habe nachgegeben. Ich war schwach.« Brokk wollte nicht mit einem so liederlichen Geschöpf wie mir gesehen werden. Ich zog die Schultern hoch und verbarg mein Gesicht. »Bitte verlasst mich.«

Leif legte das nasse Fell beiseite und zog mich in seine Arme. »Weißt du, warum wir dich quälen und reizen?«

»Weil es euch gefällt.«

Seine Finger fuhren meine Beine hinab. »Nur uns?«

Ich wand mich in seinem Griff, doch er hielt mich fest.

»Lass uns nachsehen, ja?« Seine Finger ertasteten meine

Spalte und tauchten hinein. »Du bist kurz davor, nicht wahr, süßes Häschen?«

Mein Kopf schnellte gegen seine Schulter. Ich versuchte, mich zu befreien, aber er umklammerte mich fester und behielt die Hand zwischen meinen Beinen, trieb mich mit zarten Berührungen auf den Gipfel zu.

»Bitte ...«

Er zeigte mir seine glänzenden Finger. »Weißt du, wozu dich das macht?«

Ich schloss die Augen und wartete darauf, dass er es aussprach. *Schmutzig, verdorben, falsch.*

»Vollkommen. Es macht dich vollkommen.«

Seine Finger tauchten tief in mich und beschworen mit streichelnden Bewegungen der gekrümmten Finger meinen Höhepunkt herauf. Er hielt mich fest, als ich über den Gipfel schoss.

Als ich schließlich zur Ruhe kam, band Leif mein Handgelenk mit Lederbändern an seines.

»Jetzt schlafen wir«, verkündete er. »Es sei denn, du bist noch nicht befriedigt.« Das Mondlicht spiegelte sich funkelnd in seinen gelben Augen.

»Ich bin ... befriedigt. Danke, Leif.« Wir legten uns hin, und der riesige Krieger zog mich an seinen Körper. Das hatte ich mir immer gewünscht. Die harten Brustmuskeln eines Mannes unter meiner Wange, während seine Finger verspielt meinen Rücken streichelten. Ein Krieger, der bereit war, mich vor der Welt zu beschützen.

Ein Schauder durchlief mich.

»Kalt?« Er zog ein Fell über uns.

»Nein.« Ich hob den Kopf. »Mag mich Brokk nicht?«

Leif seufzte und stützte den Kopf auf den Arm. Ich wollte, dass er mich weiter berührte, wagte aber nicht, ihn darum zu bitten.

»Brokk ist schon immer eigen gewesen. Schon bevor wir verflucht wurden, war er immer damit zufrieden, ein Einzelgänger zu sein.«

»Wie habt ihr beide euch kennengelernt?«

Leif verzog das Gesicht. »Wir haben um eine Frau gekämpft.«

Meine Augen wurden groß.

»Das war vor langer Zeit«, fügte Leif hinzu und lachte gezwungen. »Ich bin sicher, er hat es inzwischen vergessen.« Allerdings klang er nicht allzu sicher.

»Ihr sagt, ich bin eure Gefährtin. Werdet ihr mich teilen?« Ich fuhr die leichte Vertiefung zwischen seinen mächtigen Brustmuskeln nach.

»Denkst du darüber nach, dich mit uns zu paaren?«

Scheu nickte ich.

»Ach, Mädchen.« Er stöhnte. »Du weißt ja gar nicht, wie betörend du bist.«

Erleichtert sah ich, wie die Unbeschwertheit in seine gutaussehenden Züge zurückkehrte. Auch wenn Brokk gegangen war, konnten Leif und ich einen gemeinsamen Moment genießen.

»Brokk und ich sind durch ein unzerreißbares Band miteinander verbunden. Im Verlauf der Jahre haben wir uns immer wieder gegenseitig das Leben gerettet und uns am Leben erhalten, während wir auf dich gewartet haben.«

»Kann die Bindung brechen?«

»Nur bei Anflügen von Wahnsinn. Deshalb fürchten wir die Bestie so. Was uns Stärke verleiht, ist zugleich unsere größte Schwäche.« Seine Finger schoben sich unter das Fell und kreisten wieder über meinen nackten Rücken. Ich hielt den Atem an und hoffte, dass er nicht aufhören würde. »Wenn die Zeit gekommen ist, werden wir dich ganz nehmen, und du wirst für immer uns gehören. Durch deine

Unterwerfung kann die Bestie friedlich herrschen und ihren Hunger an deinem Körper stillen.«

»Und Brokk wird bei uns bleiben?«

Leif runzelte die Stirn. »Wir werden dich teilen. Wir drei werden miteinander verbunden sein.«

»Er scheint mich nicht zu wollen.«

»Er hat Angst, jemanden an sich heranzulassen. Vor langer Zeit haben ihn Menschen verraten, die ihm etwas bedeutet haben.«

IN JENER NACHT träumte ich davon, am Ufer des Sees zu stehen. Der Mond zeichnete einen silbrigen Pfad über das schier endlose schwarze Wasser. Ich setzte mich in Bewegung. Statt zu versinken, lief ich über die wässrigen Weiten so mühelos wie über trockenen Boden. Meine Füße trugen mich zu einer Insel, die ich zuvor nicht bemerkt hatte und die aus dem Nebel in der Mitte des Sees auftauchte.

Als ich das Ufer erreichte, lockte mich etwas weiter. Ich steuerte auf die Mitte des Eilands zu, schob mich durch kleine Büsche und Farn. Eine Weide wuchs über einem Steinkreis. Ich stellte mich in den Kreis, drehte mich langsam und staunte über das Gefühl, schon einmal an diesem Ort gewesen zu sein.

ALS ICH ERWACHTE, schien mir die Sonne ins Gesicht. Meine Lenden schmerzten von den Höhepunkten der vergangenen Nacht, meine unteren Lippen fühlten sich geschwollen und überanstrengt an.

»Auf die Beine, Mädchen«, rief Leif. »Du hast den halben Tag verschlafen.«

Ich streckte mich. Mittlerweile hatte ich mich an meine Gefangenschaft gewöhnt. An die Tage, die ich mit diesen wilden, zugleich jedoch sanften Kriegern verbrachte. Ein seltsames neues Leben, doch es störte mich nicht mehr.

»Komm«, wiederholte Leif. »Wir haben Äpfel zum Frühstück. Besorgen wir dir etwas zu essen und waschen wir dich. Brokk hat dir etwas mitgebracht.«

Er führte mich zum See und wusch mich gründlich ab. Ich presste das Gesicht an seine herrliche Brust und spürte, wie mir Hitze in den Kopf stieg. Meine geröteten Wangen schienen ihn zu faszinieren. Seine Finger streichelten verspielt über sie, und ich küsste die Finger. Zu spät wurde mir bewusst, dass er nackt war. Seine Mannespracht streifte meinen Schenkel und entfachte wieder sehnsüchtige Lust in mir.

»Leif«, hauchte ich.

Sein Daumen strich über meinen Mund, dann jedoch löste er sich von mir und wusch sich. Ich kehrte ans Ufer zurück.

Als mir mein Traum einfiel, blieb ich stehen und schaute mit zusammengekniffenen Augen über den See, doch selbst am helllichten Tag konnte ich keine Insel ausmachen.

Als wir zum Bergfried zurückkehrten, lag ein Haufen neuer Sachen auf einem großen Stein.

»Was ist das?«, fragte ich, als Leif mir einen Krug reichte.

»Met.«

»Ich war beim Markt«, sagte Brokk. Er setzte sich auf einen nahen Stein und beobachtete mich. Nicht zum ersten Mal bewunderte ich seine breiten Schultern, die kraftvollen Arme und den muskelbepackten Oberkörper, sogar die rauen Finger, die mich in der vergangenen Nacht so geschickt verschnürt hatten. Bei der Erinnerung stieg mir Hitze in die Wangen.

Leif hielt ein Kleid hoch, das ich über mein Untergewand anziehen konnte.

»Das ist wunderschön. Für mich?«

»Na ja, mir wird es nicht passen.« Leif lachte. »Und die auch nicht.« Er reichte mir ein Paar mit weichem Eichhörnchenfell gefütterte kleine Stiefel. Ich hielt sie in der Hand, zu überwältigt, um ein Wort hervorzubringen. Die satte Farbe des mit Seide verzierten, edlen Stoffs entsprach der eines Eichenblatts im Sommer. Die Näharbeit war so sauber wie die von Salbei, und zwischen den grünen Fäden leuchteten auch goldene.

»Ist das ...«

»Goldstoff«, brummte Brokk, und ich umklammerte das Kleid fester, um es nicht fallen zu lassen. Ein solches Prunkstück hatte ich noch nie gesehen, geschweige denn berührt.

»Zieh es an«, befahl Brokk. »Dann gebe ich dir den Rest deines Geschenks.«

Mein Herz quoll vor Freude über, als Leif mir beim Anziehen half.

Als ich fertig war, berührte er mein Gesicht. »Wunderschön«, sagte er und meinte nicht mein Kleid.

Brokk rief mich zu sich. Zu seinen Füßen hatte er ein Fell ausgebreitet. Ich kniete mich vor ihn hin wie eine feine Dame vor den Altar einer Kirche. Leif nahm seinen Armreif ab und reichte ihn dem Krieger mit der strengen Miene, bevor er mein Haar anhob und Brokk den Reif um meinen Hals anlegen ließ.

»So. Jetzt wirst du dich daran erinnern, dass du uns gehörst.«

Ich richtete mich auf, und Brokk fing meine Hand ab. »Nicht so schnell. Da ist noch ein Geschenk.«

»Weniger ein Geschenk für dich, eher für uns«, murmelte Leif.

Brokk hielt einen Ring aus Metall hoch, so groß, dass er um meine Hüften passte. Ein weiter Halbkreis war daran befestigt.

»Was ist das?«, fragte ich.

»Heb die Röcke an«, forderte er mich auf. Verwirrt tat ich es, doch als er das Metallgeschirr auf den Boden legte und mir bedeutete, hineinzusteigen, erkannte ich, was er vorhatte.

»Oh nein.« Ich ließ die Röcke fallen und wich zurück. »Nein, nein, nein.«

»Gefällt dir dein Geschenk nicht?« Leif fing mich ab, als ich mich rückwärts bewegte. Sein Arm schlang sich unter meinen Brüsten um mich.

»Das will ich nicht tragen«, sagte ich.

Die Krieger ließen mir keine Wahl. Brokk kniete sich hin, während Leif mich hochhob. Meine Beine fuhren durch die Löcher, und der Metallring um meine Hüften rastete ein. Der zwischen meinen Beinen verlaufende Teil bedeckte mein Geschlecht. Zwar konnte ich mich mühelos und frei bewegen, aber ich konnte nicht meine unteren Lippen berühren.

»Wie lange muss ich das tragen?«, fragte ich.

»Bist du lernst, dich nicht zu berühren. Ich bin in ein Dorf gerannt und habe den Schmied dort geweckt. Er hat die ganze Nacht damit verbracht, das gute Stück an deine Maße anzupassen und die Kanten zu glätten.«

Der Gürtel passte perfekt.

»Du solltest dankbar sein«, meinte Brokk zu mir. »Das

hält dich davon ab, dich anzufassen. Du hast Kontrolle über dich.«

Mein Dank ging mir schwer von der Zunge. Es kam mir vor, als verhöhnten sie mich, indem sie mich wie eine feine Dame kleideten und mir gleichzeitig ein Geschirr wie einer Sklavin anlegten.

»Möchtest du lieber die Lederstreifen?«

»Nein.« Schaudernd dachte ich daran zurück, wie sie in meinen pulsierenden Schritt geschnitten und meine Erregung zugleich gebremst und geschürt hatten.

»Komm. Wir möchten dir etwas zeigen.«

FALLS SICH MENSCHEN oder Tiere auf den grünen Hügeln um den verlassenen Bergfried herumgetrieben hätten, wäre ihnen ein seltsamer Anblick zuteilgeworden: eine junge Frau im Gewand einer Königin, die zwischen zwei Kriegern schlenderte, beide fast doppelt so groß wie sie. Der Metallgürtel unter dem wunderschönen Kleid scheuerte nicht an meiner Haut, wenngleich ich darum bitten musste, ihn mir abzunehmen, um mich zu erleichtern. Als wir unser Ziel erreichten, schillerten meine Wangen rot, und nicht von zu viel Sonne.

Wir erklommen die Kuppe eines Hügels, und ich schnappte nach Luft. Ein purpurroter Umhang lag über das Land ausgebreitet, so weit das Auge reichte. Morgen um Morgen voller Wildblumen.

»Das hübsche Heidekraut«, murmelte Leif. »Die Göttin hat auf felsigem Boden einen Teppich wachsen lassen, der sich für eine Königin eignet.«

Brokk verdrehte die Augen. »Komm, Weide. Zeit, die Stiefel einzuweihen.«

Leif streckte die Hand aus. »Lass uns laufen.«

Mein Herz pochte schneller, als ich die Hand in seine legte.

Der rothaarige Krieger und ich rannten zwischen den Blumenfeldern hindurch. Bald lachten wir, hopsten und tänzelten wie Verrückte.

Brokk folgte uns. Als ich müde wurde und mich zu ihm setzte, wies er mich auf die Vögel hin und die kleinen Kaninchen und Mäuse, die sich in dem duftenden Heidekraut niedergelassen hatten. Leif kramte in einem Bündel, aus dem er Dörrfleisch, Käse und knackige kleine Äpfel verteilte. Nachdem ich zu seiner Zufriedenheit gegessen hatte, ließ er mich ein wenig Met kosten.

Der Tag schien sich endlos unter einem strahlend blauen Himmel zu erstrecken.

»Warum sind wir hier?«, fragte ich.

»Hast du keinen Spaß?«, gab Leif zurück. »Vielleicht brauchen wir ein neues Spiel.«

»Na schön«, sagte ich langsam. Der schelmische Ausdruck in seinem Gesicht gefiel mir nicht.

»Ich finde, es ist an der Zeit, dass wir dir eine Chance zur Flucht geben.«

»Was?«

»Es sei denn natürlich, du gibst zu, dass du gar nicht mehr weg willst.«

Ich spähte zu Brokk, doch er blieb ernst und hielt die Arme vor der Brust verschränkt.

»Brokk, spielst du mit uns?«, rief Leif zu ihm hinüber.

»Das klingt nicht nach einem Spiel.«

»Oh, ist es aber. Und es gibt einen feinen Preis für den Gewinner.«

»Soll das heißen, ihr würdet mich entkommen lassen?« Mein Herz schlug wie wild. Aus irgendeinem Grund beunruhigte mich der Gedanke, die Krieger zu verlassen. Ich sollte Erleichterung verspüren, doch das tat ich nicht, und das beunruhigte mich nur noch mehr.

»Wir lassen dich *versuchen* zu entkommen«, stellte Leif richtig. »Wir geben dir einen Vorsprung. Du solltest allerdings nicht daran zweifeln, dass wir dich mühelos aufspüren werden. Wer immer dich als Erster fängt, bekommt einen Kuss.«

»Und wenn ich gewinne?«

»Wirst du nicht. Aber wenn es dir gelingt, dich uns bis zum Sonnenuntergang zu entziehen, werfen wir den Metallgürtel weg.«

Brokk schnaubte.

»Oder« – Leif hob einen Finger – »du gibst jetzt zu, dass du uns gar nicht mehr entkommen willst. Dann nehmen wir den Gürtel ab und belohnen dich dafür, dass du die Wahrheit gesagt hast.«

Ich kaute auf der Unterlippe.

»Hätte ich auch nicht gedacht.« Leif schmunzelte. Er erhob sich, und auch ich rappelte mich auf die Beine. »Ich nenne das Spiel ›Wölfe und Häschen‹. Du bist das Häschen, Weide.« Er verstaute unser Essen und hob das Trinkhorn an. »Wir bleiben noch sitzen und trinken den restlichen Met aus, danach begeben wir uns auf die Jagd.« Seine Augen funkelten. »Ich an deiner Stelle würde losrennen.«

Mein Herz hämmerte lauter als meine Schritte auf der weichen Wiese. Ich steuerte auf eine Gruppe von Felsblöcken zu und hoffte, sie würden mich verbergen. Als ich an ihnen vorbei war, wechselte ich die Richtung und rannte in eine Schlucht hinunter. Zwischen den Felsen verlief ein Bach. Ich hielt kurz inne. Das Wasser würde meinen Geruch wegspülen, sie verwirren, aber es würde auch mein neues Kleid völlig durchnässen.

Hinter mir erhob sich ein schauerliches Geheul von den Hügeln. Die Jagd hatte begonnen.

Ich rannte zum Bach und folgte ihm. Schon bald hatte das Wasser meine Kleidung durchtränkt, die mich nach unten zog, trotzdem hastete ich weiter. Hier wuchsen die Büsche höher. Ich konnte mich verstecken. Allerdings beging ich den Fehler, zurückzuschauen. Ich sichtete eine muskelbepackte Gestalt, die mir folgte. Die Krieger mussten sich vor Beginn der Jagd ausgezogen haben. Sie schienen den Hang herabzufließen, näherten sich schneller, als ich es je für möglich gehalten hätte. Ihre Gestalten wirkten größer und irgendwie unförmig. Ich erhaschte ein flüchtiges Aufblitzen von Fell, als wären sie irgendwo zwischen den Gestalten von Mann und Wolf.

Es würde mir nie gelingen, ihnen davonzurennen. Ich warf mich unter einen stacheligen Busch und hoffte das Beste.

Das Knirschen von Schritten näherte sich.

Ich sprang auf, wurde aus meinem Versteck gescheucht wie ein verzweifeltes Vögelchen. Einer der beiden knurrte hinter mir, und ich lief prompt in den anderen hinein.

»Hab dich, kleine Weide«, hauchte mir Brokk ins Ohr.

Ich schrie, trat um mich und kämpfte, als er mich zu Boden drückte. Leif hatte ein Fell als Unterlage für mich ausgebreitet, dennoch wehrte ich mich weiter. Brokk drehte mich grob auf den Rücken, und ich beruhigte mich ein wenig, als ich ihre hübschen Gesichter sah. Sie standen wieder als Männer vor mir, doch ich würde nie den Anblick vergessen, wie sie mich in der Gestalt wolfsähnlicher Ungetüme gejagt hatten.

»Du hast deine schönen Stiefel nass gemacht«, stellte Leif fest.

»Egal«, sagte Brokk mit rauer Stimme. »Zieh sie aus.«

Rasch, aber behutsam entkleideten sie mich.

»Was jetzt?« Ich zitterte, zugleich verängstigt und erregt.

»Du hast verloren, Schätzchen. Du schuldest uns einen Kuss.«

Ich nickte und rückte näher zu Brokk. Er krallte eine Faust in mein Haar. Mit festem, aber nicht grobem Griff führte er meinen Kopf nach unten. »Nicht auf den Mund, süßes Mädchen. Auf meinen Schwanz.«

Ich schnürte seine Hose auf. Wohlig brummend nahm ich ihn bis zum Ansatz in mir auf und leckte mit der Zunge über die Unterseite.

»Bei Odins Stab«, stieß Brokk hervor.

Ich grinste bei mir.

»Braves Mädchen.« Leif schmunzelte.

Brokk bemühte sich redlich, sich zurückzuhalten, während ich alles tat, was mir einfiel, um ihn zum Gipfel zu locken. Meine kleinen Hände umklammerten seine mächtigen Oberschenkel und hielten ihn gefangen, während ihn mein Mund bearbeitete.

Am Ende ergoss er so viel Samen, dass mir ein Teil aus dem Rachen quoll. Er wischte die Tropfen mit dem Daumen ab und schob ihn mir zwischen die Lippen.

»Gut gemacht«, lobte mich Leif.

Brokk küsste mich auf die Stirn.

Ich strahlte vor Stolz.

»Also.« Leif ergriff eine Strähne meines Haars. »Jetzt bin ich damit dran, dich zu küssen.«

Ich drehte mich auf den Knien um, aber Leif legte mich so hin, dass mein Rücken auf dem Fell ruhte. Meinen Kopf bettete er auf Brokks Schoß.

»Der Gürtel muss runter«, brummte Leif. Brokk half ihm, mich hochzuheben und den Gürtel abzustreifen. Ich japste, als die kühle Luft auf meine feuchten unteren Gefilde traf.

»Ihr ist ein bisschen kalt«, merkte Brokk an und spielte mit einem meiner aufgerichteten Nippel.

Leif legte mein Kleid über mich und tauchte darunter zwischen meine Beine.

»Was ...«, entfuhr es mir, als er die Innenseite meines Schenkels küsste. Seine Lippen arbeiteten sich nach oben zu meiner pulsierenden Mitte vor. Meine Beine versuchten, sich zu schließen, aber er drückte sie zur Seite. Ich keuchte und stand bereits kurz vor dem Höhepunkt, als sein Mund sein Ziel erreichte. Brokk hielt mich fest, während ich mich hilflos unter Leifs mich leckender Zunge wand. Meine Fersen bohrten sich in den Boden, mein Rücken und mein Bauch spannten sich vor Ekstase an. Ich stöhnte seinen Namen, als ich kam. Nach meiner Entladung tauchte er auf und wischte sich den Mund ab.

»Gut gespielt, Mädchen. Noch eine Runde?«

WIR SPIELTEN den Rest des Nachmittags »Wölfe und Häschen«. Ich durfte nie ein Wolf sein. Der Einsatz wurde höher, und nach einer Weile ließen sie mich nackt spielen. Sobald ich dem einen entkam, fing mich der andere, begrapschte mich und küsste mich auf den Mund, bis ich nach Luft schnappte.

Einmal weigerte ich mich zu rennen.

»Versohl ihr den Hintern und steck sie wieder in den Gürtel«, schlug Leif vor. Prompt legte mich Brokk übers Knie, bis mein Hintern rot schillerte, bevor er mir den Metallgürtel wieder anlegte. Dann fesselte er mir die Arme auf den Rücken und ließ mich dorthin laufen, wo Leif mit dem Bündel wartete.

»Wir sollten dir auch die Beine fesseln.« Leif lachte. »Damit du hoppeln musst wie ein echtes Häschen.«

»Nein.« Brokk fuhr mit der Hand über meine nackte Haut. »Sie könnte sich verletzen.«

Sie ließen mich niederknien und führten mir erneut ihre Schäfte zu, bevor ich wieder Fleisch und Äpfel essen musste. Zuerst saß ich auf Leifs Schoß, dann auf dem von Brokk. Trotz Brokks Besorgnis erwiesen sich seine Finger als gnadenlos, fuhren meine Hüften hinauf und hinunter bis zu meinen Brüsten, kniffen mich in die Nippel, während er meinen Hals küsste und sich mit dem stoppelig-rauen Gesicht an mich schmiegte.

»Bitte«, sagte ich, als Brokk die schlüpfrige Haut um den Metallgürtel liebkoste.

Wieder nahmen mir die Krieger den Gürtel ab und legten mich auf das federweiche Heidekraut.

»Du wirst dich nicht selbst anfassen. Nur wir dürfen dich berühren«, ließ mich Brokk wissen und erkundete jede meiner Kurven und Spalten, bis ich mich vor Lust schaudernd hin und her wand.

Ein Lächeln querte seine sonst so versteinerten Züge, als er sich eine glänzende Hand an den Mund hob und seine Finger sauber leckte.

»Ich bin dran.« Leif versenkte den Mund zwischen meinen Schenkeln. Meine Hände krallten sich in sein Haar, bis Brokk sie daraus löste und meine Handgelenke zu Boden drückte.

Die Ekstase baute sich in mir auf wie eine Welle, schraubte sich höher und schwappte über mir zusammen. Meine Schreie hallten über das Heidekraut.

Nachdem mich Leif sauber geleckt hatte, brachten sie den Gürtel wieder an mir an.

»Dein Geschmack berauscht mich.« Leif wischte sich über den Mund. »Jetzt, da wir deinen Duft kennen, kannst du nie wieder vor uns weglaufen. Wir würden dich so mühelos aufspüren, wie ein Hase über tiefen Schnee hoppelt.«

Da mein Körper noch vor Befriedigung vibrierte, erhob ich keine Einwände. Ich wollte diesen Kriegern gar nicht mehr entkommen.

»Wie wird es als eure Gefährtin sein?«, fragte ich.

»Unsere Geister werden sich vereinen. Du wirst mit uns die Bindung eingehen.« Er berührte meine Stirn. »Du wirst uns da drin sprechen hören. Du wirst nie wieder deine Gefühle vor uns verbergen können. Wir drei werden uns näher sein als irgendjemand sonst auf der Welt. Wir werden dich für immer teilen.«

Damit erhob sich Brokk und ging davon.

Leif legte die Stirn in Falten. »Lass uns zurückkehren.«

20

BROKK

Du *solltest uns nicht einfach so zurücklassen,* ermahnte mich Leif in meinem Kopf. *Sie glaubt jetzt, du willst sie nicht.*

Ich habe auch noch nicht entschieden, ob ich sie will, Bruder. Das letzte Wort betonte ich abfällig.

Leif schwieg so lange, dass ich wünschte, er würde sich wieder zu Wort melden und mich von meinen schmerzlichen Gedanken ablenken.

Es war vor so langer Zeit, sagte er schließlich. *Ich dachte, du hättest mir verziehen.*

Ich trat in den Wald in der Nähe des Bergfrieds, um zu beobachten, wie Leif und Weide zurückkamen. Sie verhielt sich völlig anders als die Frau, die ich damals im hohen Norden geliebt hatte. Sie war noch nie von einem anderen Mann angefasst worden.

Und das wird sie auch nie, beteuerte Leif. *Aber wir werden sie gerecht teilen.*

Sie mag dich mehr.

Du bist nicht besonders ansehnlich, wenn du finster dreinschaust. Versuch es mal mit einem Lächeln. Damit blockierte

Leif die Bindung.

Er führte Weide hinunter zum Ufer des Sees, während ich Holz hackte. Sie zogen sich nackt aus, und auf das Geräusch von platschendem Wasser folgten ihre vergnügten Rufe. Ihr Gelächter stieg zur Festung auf. Ich warf die Axt beiseite. Weide, die lachte. Nur wenige Tage, und Leif hatte sie wie beabsichtigt umgarnt. Vielleicht würde er an diesem Abend mit ihr schlafen und sie als seine Gefährtin zeichnen. Bei dem Gedanken zog sich mein Herz gequält zusammen. Es wäre besser gewesen, wenn er und ich keine Bindung gebildet hätten. Dann könnte er allein Anspruch auf sie erheben, und die beiden könnten glücklich werden.

Magie regte sich in mir bei meiner eifersüchtigen, bedrückten Grübelei. Die Bestie krallte sich an die Oberfläche und war bereit, für das zu kämpfen, was sie wollte. Sie würde mir nicht erlauben, meine Gefährtin aufzugeben. Die Bestie wollte sie genauso sehr, wie Leif sie wollte.

Ich ging davon. Da ich mit Berserker-Geschwindigkeit reiste, erreichte ich die zerklüfteten Höhen deutlich vor Einbruch der Abenddämmerung. Es war ein klarer, schöner Tag, sodass ich viele Wegstunden weit sehen konnte. Nebel säumte den südlichen Horizont, doch er befand sich noch weit entfernt.

An hochgelegenen Stellen fiel es mir manchmal leichter, die Verbindung mit dem Rudel herzustellen. Ich entsandte die Sinne, während ich über den kalten Stein hin und her schlenderte, nach dem besten Platz suchte, um die anderen zu erreichen.

Nachdem ich einen hohen, schmalen Felsfinger erklommen hatte, schnappte ich ein vertrautes Echo auf.

Svein?

Brokk? Wo seid ihr?

Ich übermittelte ihm ein Bild von den felsigen Klippen

und der verfallenen Festung, wo wir unser Lager aufge-
schlagen hatten. *Was ist mit dir und Dagg? Seid ihr zu Hause?*

*Wir verstecken uns. Die Grauen ... sind ihnen entkommen ...
Die Alphas haben befohlen ... die Frauen zu beschützen ... Magie
des Totenkönigs ... stört die Rudelbindungen ...*

Seine Stimme brach immer wieder ab, trotzdem
verstand ich genug.

*Bin froh, dass du und Dagg in Sicherheit sind. Wir sind auch
Grauen begegnet.* Ich fügte nicht hinzu, dass Leif die Berser-
ker-Raserei heraufbeschworen, sie vernichtet und dabei
beinah die Kontrolle verloren hatte. *Die Magie des Totenkönigs ist durch das Dorf gefegt und hat die Männer in seine
untoten Diener verwandelt. Deshalb waren es so schnell so viele.*

*Zu viele, um gegen sie zu kämpfen ... meidet sie. Die Alphas
beratschlagen mit der Hexe, um einen Zauber zu finden ... Der
Magier wird stärker ...*

*Wir sind vorerst in Sicherheit. Wir haben die Frau mitgenom-
men, Weide, und wir beschützen sie. Svein?*

Ja?

Ich konnte mich eines Lächelns nicht erwehren. *Habt ihr
eure Gefährtin gefunden?*

Diesmal drang seine Botschaft klar und deutlich durch.
Ja. Sie ist jetzt bei uns. Er klang zugleich stolz und zärtlich.
Zuerst hatte sie Angst, aber sie ist sehr tapfer. Und du?

Wir haben eine Frau. Ich hatte Mühe, hämische Freude
aus meiner Stimme herauszuhalten. *Leif denkt, sie ist die
Richtige für uns.* Und ich dachte das auch, wurde mir klar.
Sonst würde es mich nicht jedes Mal so stören, wenn ich
ging, und ich hätte nicht das Gefühl, ich müsste mit Leif um
ihre Zuneigung wetteifern.

Was ist mit Rolf und Thorbjorn?, fragte ich.

*Wir haben nichts von ihnen gehört. So wie wir sind sie viel-
leicht weit gereist, um die Sicherheit ihrer Gefährtin zu gewähr-*

leisten, oder sie könnten sich verirrt haben. Die Alphas wissen auch nichts.

Und die Frau, die sie mitgenommen haben?

Ihr Name ist Salbei.

Plötzlich hatte ich das Gefühl, geschlagen worden zu sein. Salbei war Weides beste Freundin. Sofort wollte ich Weide die gute Nachricht überbringen.

Danke für die Neuigkeiten, sagte ich. *Kannst du die Alphas erreichen? Und ihnen mitteilen, dass es uns gut geht?*

Ja. Ihre Befehle an uns alle lauten, den Weg zurück zum Berg anzutreten, aber uns nicht auf ein Gefecht mit den Grauen einzu-lassen. Achtet auf eure Sicherheit. Bleibt zusammen, und was immer ihr tut, wacht über eure Gefährtin.

Werden wir. Um jeden Preis. Möge der Mond auf euch herab-lächeln.

Als ich die Verbindung zu meinem Berserker-Kame-raden trennte, pochten Schmerzen durch meinen Schädel. Meine Bestie drängte vorwärts, verlieh mir Stärke. Ich schob sie zurück, wollte nicht das Wagnis eingehen, sie zu entfes-seln. So lange vom Rudel getrennt zu bleiben, war gefähr-lich. Ohne die ausgleichende Stärke der Alphas mussten Leif und ich uns ausschließlich aufeinander verlassen.

Als ich den Berg hinunterhastete, wurde mir klar, dass ich mich geirrt hatte. Weide gehörte zu Leif und mir. Ich musste sie genauso umwerben wie er, damit sie auch mit mir lachen und lächeln würde.

Natürlich besaß ich nicht seine Begabung dafür. Wenn ich es versuchte und scheiterte, würde sie sich dann von mir abwenden und Trost in Leifs Armen suchen?

Der Gedanke fuhr mir in den Leib wie ein Dolch. Ich knirschte mit den Zähnen.

Als ich den Berg verließ, marschierte ich mitten hinein in einen dichten Nebel am Fuß der hohen Felsen. Der

Nebel, den ich von oben aus Süden herankriechen gesehen hatte, war schneller als erwartet vorangekommen.

Brokk. Bruder. Wo bist du?

Ich komme. Ich beschleunigte die Schritte, um den Nebel zu überholen.

Über mir ging der Vollmond auf. Eigentlich hätte ich aufgeregt darüber sein sollen, mit meinem Kriegerbruder Anspruch auf meine Frau zu erheben.

Stattdessen empfand ich nur Beklommenheit.

21

LEIF

Weide saß am Feuer. Ihre hübschen Wangen waren von einem langen Tag in der Sonne gerötet. Hinter ein Ohr geklemmt trug sie eine kleine rosa Rose – ein Geschenk von mir. Wir verbrachten jeden Augenblick zusammen, und es wäre der schönste Tag meines Lebens gewesen, abgesehen von einer Kleinigkeit. Brokk war nicht da.

Mein Kopf schmerzte durch unsere Trennung. Ich spürte, dass er hoch hinaufgestiegen war, wo die Luft dünner wurde, und dass er viel von seiner Energie und seinen Reserven eingesetzt hatte, um die Sinne zu den Alphas zu entsenden.

Mittlerweile kam er angerannt und versuchte, den seltsamen Nebel hinter sich zu lassen, der über den Boden fegte. Ich öffnete die Bindung zwischen uns und lieh ihm Kraft.

Komm schnell, Brokk. Wir brauchen dich. Es ist mir gelungen, die Bestie im Zaum zu halten, aber ich werde bald Anspruch auf Weide erheben müssen. Das müssen wir beide. Warum warst du so lange weg?

Ich hatte den Eindruck, ihr genießt den Tag auch ohne mich sehr.

Bruder, wie oft muss ich es dir noch sagen? Zusammen sind wir stärker.

Stille. Ich holte tief Luft und fuhr fort. *Im vergangenen Jahrhundert haben wir vieles miteinander geteilt. Aber ich kann die Frau nicht vergessen, die uns auseinandergerissen hat.*

Du hast mich verraten.

Ich habe dich um Vergebung gebeten. Ich habe versucht, Wiedergutmachung zu leisten. Ich bin dein Bruder und dein Kriegerkamerad. Ich werde immer an deiner Seite stehen.

Brokks Antwort klang mürrisch. *Wir sind Krieger, Waffenbrüder.*

Was ist mit Weide? Du weißt so gut wie ich, dass wir beide Anspruch auf sie erheben müssen. Unsere Herrschaft über die Bestie ist zu schwach. Weide kann uns heilen. Du gehst, und das ist nicht fair gegenüber Weide.

Nein, es ist ihr gegenüber nicht fair.

Lass sie die Bindung zwischen uns sein. Ich übermittelte ihm ein Bild unserer Frau, die eingerollt in meiner Nähe lag. Das feine grüne Kleid brachte die Farbe ihrer Augen zur Geltung. Ihre Wangen so rosig, ihre Haut so hell, ihr dunkles Haar so voll. Wenn man dem noch ihren Mut, ihr Lächeln und ihren Duft hinzufügte, wurde sie unwiderstehlich.

Ausnahmsweise brauchte ich weder meine Redegewandtheit noch meinen Charme. Weide konnte meinen Kriegerbruder auf eine Weise davon überzeugen, sein Schicksal zu erfüllen, wie es mir nicht möglich wäre.

Endlich antwortete Brokk. *Wenn ich einverstanden bin, musst du mir etwas versprechen: Wir teilen sie gleichwertig oder gar nicht.*

Ich kann sie nicht mit meinem Schwert in der Mitte entzwei-schneiden.

Nein. Aber du kannst auf eine Weise Anspruch auf sie erheben, ich auf eine andere.

Ich rechnete damit, dass er unsere Verbindung abbrechen würde. Als er es tat, ging ich zur Mauer und wartete, bis sich sein Schatten über die Wiese bewegte. Seine Kontrolle blieb stark. Er hatte den Nebel abgeschüttelt und sogar noch unterwegs angehalten, um Beute zu reißen. Ich hatte gehofft, er würde mit uns essen. Wir könnten Weide mit ausgesuchten Fleischstücken füttern und ihr beweisen, dass wir für sie sorgen konnten. Aber da er schon gegessen hatte, verließ ich Weide und ging ihm entgegen, bevor er in den Lichtkreis des Feuers trat.

»Brokk, wenn du sagst, wir erheben beide Anspruch auf sie ...«

Er holte einen geschnitzten Holzpfropfen hervor, geformt wie eine Knolle mit einem schmalen Stiel, nach dem sie sich wieder verbreiterte. Zweifellos ein weiterer Gegenstand, den er im Dorf in Auftrag gegeben hatte.

»Weide!«, rief er. Erschrocken erwachte sie und rappelte sich auf die Beine. Man merkte ihr Eifer in den Schritten an, als er sie zu sich winkte. Brokk legte die Hand mitten auf meine Brust und schob mich aus dem Weg. Mit einem Knurren taumelte ich zurück. Meine Bestie erwachte kampfbereit. Ich nahm mir einen Augenblick, um mich zu sammeln, lehnte mich in den Schatten an die Mauer.

Sie ist nicht bereit dafür, sagte ich. *Wir müssen behutsam sein.*

»Weide, ich habe noch ein Geschenk für dich.«

»Was ist es?«, fragte sie und berührte das polierte Holzstück, das ihr Brokk entgegenstreckte.

»Es kommt in deinen Hintern«, erklärte Brokk.

Sie errötete und zog ruckartig die Hand zurück.

Ich schleuderte ihm einen finsteren Blick zu. *Du könntest wirklich freundlicher sein.*

»Warum, Leif?«, sprach er laut aus. »Ist es dir nicht lieber, wenn ich barsch bin? Ich bilde sie dazu aus, dass sie sich unserem Willen unterwirft, aber wenn die Züchtigung vorbei ist, rennt sie in deine Arme, mag dich, nicht mich. Ich glaube, genau das ist dein Plan.«

Weides Blick schnellte zwischen uns hin und her. Linien zerfurchten ihre Stirn.

»Narr.« Meine Stimme klang erstickt, kehlig. Brokk musste wissen, dass ich kurz davor stand, die Kontrolle zu verlieren. Ich ballte die Hände zu Fäusten und kämpfte darum, bei klarem Verstand zu bleiben. Meine Fingernägel wurden bereits länger und krümmten sich zu Klauen. Magie lief mir kribbelnd über das Rückgrat, als sich die Verwandlung anbahnte. »Du bist derjenige, der entschieden hat, ruppig zu sein. Du bist es, der uns wegstößt.«

Brokk drehte mir den Rücken zu. »Komm, Weide. Es ist an der Zeit, deine Hingabe für uns auf die Probe zu stellen.«

»Bruder, geh sanft mit ihr um.«

Sei still. Du wolltest mich zurück, jetzt bin ich hier. Du wirst dich zurückhalten, während ich sie zu den Toren der Ekstase und darüber hinaus bringe. Seine Hand senkte sich zu ihrem Hintern und knetete ihn durch das Kleid. Der gehauchte Laut der Überraschung, den unsere Frau von sich gab, ließ meinen Schritt anschwellen.

Sie will das. Sie will meine Dominanz. Ich befriedige sie, nicht du.

Einen Moment lang verdunkelte sich meine Sicht. Fell spross an meinen Armen, als die Magie einsetzte. Ich presste gegen die Mauer, kämpfte gegen die Bestie um die Oberhand. *Wir sind dabei gleichberechtigt, Brokk.*

Gleichberechtigt? Ich bin nicht derjenige, der seine Bestie nicht beherrschen kann. Vielleicht sollte ich Weide weit wegbringen und dich hier lassen, den einsamen König der zerstörten Burg.

Ich knurrte und lachte aus dem Schatten. Brokk schob Weide vorwärts und wirbelte zu mir herum. Seine Axt sauste auf mich zu. Ich duckte mich und fing seinen Arm ab. Wir rangen miteinander, gleich groß, gleich schwer, gleich stark. Ein Kampf zwischen uns würde nicht gut enden, das wussten wir beide. Wir funkelten uns gegenseitig an, während wir uns angespannt umklammerten.

»Aufhören!«, brüllte Weide. »Alle beide, hört auf!« Ihre Stimme ertönte mit einem leichten Zittern in den Worten. »Kämpft nicht.« Sie kam näher, gebärdete sich mutiger, als mir lieb war.

»Geh weg, Mädchen«, brummte ich. »Das ist gefährlich.«

»Ihr werdet mich nicht verletzen«, entgegnete sie scharf.

Nach einem Atemzug ließen Brokk und ich voneinander ab und wichen zurück. Weide trat zwischen uns.

»Was genau willst du von mir?«, fragte sie Brokk.

»Alles. Deine Unterwerfung. Deine Schreie, dein Flehen, deinen mir unterjochten Willen.«

»Uns«, besserte ich ihn aus.

Sie nickte. »Na schön.«

»Mädchen ...«

»Ist schon gut, Leif.« Sie streckte die Hand aus, forderte den Stöpsel. »Ich tue es.«

22

WEIDE

»Ich tue es«, wiederholte ich.

»Geh zu den Fellen«, befahl Brokk, ohne den Blick von Leif zu lösen. »Zieh dich aus und knie dich darauf hin. Auf allen vieren.«

»Mit hochgestrecktem Hintern«, fügte Leif hinzu.

Beide Krieger lockerten die Haltung ein wenig, aber sie ließen sich gegenseitig nicht aus den Augen. Ihre Ausbildung saß zu tief verwurzelt, um eine mögliche Bedrohung in unmittelbarer Nähe nicht zu beachten. Ich schluckte, bevor ich hastig Brokks Aufforderung nachkam. Anscheinend konnte nur mein Gehorsam die beiden davon abhalten, sich gegenseitig zu zerfleischen.

Mein Herz hämmerte wie wild. Was hatte ihren Streit ausgelöst? Was würde aus mir werden, wenn sie sich verfeindeten? War Brokk bewusst, dass seine Antwort auf die Frage, was er von mir wollte, der von Leif entsprach? *Alles,* hatten sie gesagt. Diese Männer wollten alles, was ich zu geben hatte. Mit weniger würden sie sich nicht zufriedengeben. Und mehr würden sie nicht verlangen.

Ich legte die wunderschönen Kleidungsstücke beiseite,

die sie mir geschenkt hatten, und zitterte vor Erwartung. Meine Haut schimmerte im Mondlicht, als ich das Gelände des Bergfrieds überquerte. War ich hübsch genug für sie? Ein Kribbeln, das mir über den Rücken lief, verriet mir, dass sie mich beobachteten. Und als ich einen Blick zu ihnen wagte, hatte ich den Eindruck, sie konnten einfach nicht wegschauen. Ihre goldenen Augen leuchteten mit jenem gespenstischen Licht.

Ich kniete mich hin, ging in Stellung, streckte den Hintern in die Luft.

»Braves Mädchen«, lobte Brokk. Ich erbebte vor Freude über seine Anerkennung.

Dann kaute ich auf der Unterlippe, während ich mit entblößten Schenkeln wartete, die Knie von dem Fell unter mir geschützt. Das Haar hing mir ins Gesicht, bis sich einer der Krieger neben mich kniete und es zurückschob. Leif.

Sein Gesicht wirkte zwar nicht mehr so angespannt wie kurz zuvor, doch er schien nicht zu seiner üblichen vergnügten Unbeschwertheit zurückgefunden zu haben. Er fuhr mit einem Daumen über meine Lippen. Ich schloss den Mund um ihn und nuckelte daran wie in der Nacht zuvor an seiner Männlichkeit. Sein Blick wurde hitzig. Als er die Hand entfernte, verzog sich einer seiner Mundwinkel zu einem Lächeln. Ich entspannte mich weiter. Als sich zuvor blanke Wut über seine bezaubernden Züge gelegt hatte, war ich erschrockener darüber gewesen, als ich mir eingestehen wollte. Von Brokk erwartete ich, dass er streng und zurückhaltend auftreten würde. Ich hatte zwar gedacht, ich hätte seine Panzerung durchbrochen, aber ihr Streit hatte mich erschüttert.

Vielleicht konnte ich diesen Kriegern tatsächlich etwas geben. Indem ich mich süß verhielt, mich ihnen hingab und alles hinnahm, was sie mit mir anstellen würden. Bisher hatte mir jede Erfahrung, die sie mich gelehrt hatten, erlesenes Vergnügen bereitet. Ich vertraute ihnen. Sie hatten mich nicht enttäuscht.

Brokks Hand strich über mein Hinterteil.

»Allerliebst«, murmelte er.

»Wir haben kein Öl, damit der Stöpsel leichter hineingeht«, merkte Leif an. »Was willst du verwenden?«

»Ihre eigenen Säfte.« Brokks Finger berührten mich zwischen den Beinen. Er streichelte meine prallen unteren Lippen. »Hast du den Gürtel den ganzen Nachmittag getragen?«

»Ja, Brokk«, teilte ich ihm mit.

»Hast du dadurch das Gefühl gehabt, mir zu gehören, Weide? Hast du sehnsüchtig an mich gedacht?«

»Ja.« Ich ließ den Kopf tiefer hängen. Mit dem Gürtel um meine Lenden wurde ich bei jedem Aufflammen von Lust daran erinnert, wie sie mir ihre Schöpfung umgelegt hatten, um meine Scham vor jeder Berührung außer durch sie zu schützen. Und jedes Mal, wenn ich daran dachte, durchströmte mich Verlangen.

»Leif ist lasch. Er hat dich nach ein paar Stunden befreit. Ich hätte ihn dich den ganzen Tag und die ganze Nacht tragen lassen. Dich zu berühren, würde allein mein Vorrecht sein. Ich würde dir den Gürtel nur abnehmen, um dich zu säubern und zu untersuchen. Ich würde jedes Mal Wasser erwärmen und mit einem Tuch jedes Fleckchen deiner Haut abwischen. Beim Waschen zwischen deinen Beinen wäre ich besonders vorsichtig und würde ganz langsam vorgehen. Und wenn du dabei kämst, würdest du bestraft werden.« Er kniff mich in eine der unteren Lippen, und ich drängte einen spitzen Aufschrei zurück. Seine Stimme klang gedämpft, beinah ehrfürchtig, als wäre er in einen Taumel verfallen. Ich wollte den Bann nicht brechen.

»So feucht, so bereit«, murmelte Brokk. »Da ist reichlich Honig, der sich für dein Hinterteil verwenden lässt.«

»Dann mach schon«, brummte Leif, klang dabei jedoch nicht wütend, sondern nur ungeduldig. Er kniete sich neben mich. Sein Schaft presste unmittelbar neben meinem Kopf gegen die Hose. Ich hob die Hand und fuhr die Umrisse neckisch mit einem Finger nach. Er fing mein Handgelenk ab, hob sich meine Hand an den Mund und nuckelte an einer Fingerspitze. Als seine Zähne meine Haut streiften, wimmerte ich.

»Ruhig, Mädchen. Wir haben noch einen langen Weg vor uns.« Brokk fuhr mit einem nassen Tuch zwischen meinen Pobacken hindurch und drückte es in mein kleines Loch. Die intime Berührung ließ mich vor Scham den Kopf tiefer senken.

»Kein Grund, sich zu schämen«, sagte Leif. »Deine Gefährten kümmern sich um dich, reinigen dich außen wie innen.«

Ich sog scharf die Luft ein, als Brokk die Finger zwischen meine unteren Lippen tauchte, die Nässe dort sammelte und über den Bereich um meine hintere Öffnung verteilte. Seine Fingerspitze drückte gegen meine Hinterpforte. Unwillkürlich zog ich sie zusammen.

»Ruhig«, redete Brokk beschwichtigend auf mich ein. Sein zärtlicher Ton überraschte mich. Ich blies die Luft aus, öffnete mich ihm, und sein Finger glitt in mich. Er bearbeitete mich ein wenig, dehnte die Ränder, spielte an den Runzeln meines hinteren Eingangs.

»Ist sie nicht wunderschön?«, hauchte Brokk. Blinzelnd sah ich Leif an, der mir zuzwinkerte. Sein Lächeln kehrte mit voller Pracht zurück. Der harte Panzer, den Brokk sonst trug, war von ihm abgefallen. Darunter kam ein leidenschaftlicher Mann zum Vorschein. Leif stellte seine Gefühle immer offen zur Schau. Brokk hingegen versteckte sie wie einen Schatz, den ich erst finden musste. Ich liebte beides, genoss jedoch besonders den flüchtigen Eindruck von dem Mann, der Brokk sein konnte.

»Oh ja, sie ist sehr feucht. Das gefällt ihr.«

»Nein.« Ich wimmerte, und eine Hand klatschte schwer auf meine rechte Pobacke.

»Sei brav«, mahnte mich Leif.

»Das ist nicht richtig«, begehrte ich auf. Mein Wangen fühlten sich heiß an. Ich wünschte, ich könnte mir das Haar ins Gesicht schütteln und mich dahinter verstecken.

Leif ergriff mein Kinn. »Du vertraust deinen Gefährten. Wir tun das ebenso sehr zu deinem Vergnügen wie zu unserem.«

»Ich wette, es könnte ihr große Lust bereiten, wenn wir sie hier reizen.« Brokks Finger schob sich tiefer in meinen Hintereingang. Der Reiz ließ meine unteren Lippen erzittern und meine Scham darum betteln, ausgefüllt zu werden.

»Oh ja.«

Als Brokks Finger mein Loch rammelten, breitete sich prickelnde Erregung durch mich aus und schraubte sich höher, spannte meine Muskeln und kündigte einen Höhepunkt an.

Brokk bearbeitete meine hintere Öffnung weiter, während sein Daumen wieder zwischen meine Schamlippen glitt und dort weitere Säfte einsammelte.

»Oh nein.« Mein Mund klappte auf, meine Beine bebten. Brokks Berührung beunruhigte mich nicht so sehr wie der Gedanke, ich könnte durch diese unsittliche Form der Zuwendung kommen. »Nein.« Ich senkte den Kopf noch tiefer, versteckte mein Gesicht.

»Sei brav, Weide«, sagte Leif. »Sei ein braves Mädchen.«

Etwas Hartes, Unnachgiebiges tastete an meinem

Hintern. Brokk bearbeitete mich langsam mit dem Stöpsel, dehnte den engen Ringmuskel. Ich zog ihn zusammen, wollte Widerstand leisten, und er kniff mich in den Hintern.

»Nein, nein. Der kommt da rein. Wir wollen dir nicht wehtun.« Er küsste mich auf den Hintern. Seine Stoppeln kitzelten meine empfindliche Haut.

»Entspann dich, kleine Gefangene.« Leif streichelte mein Haar. »Du gehörst uns. Und das ist, was wir wollen. Du willst uns doch erfreuen, oder?

»Ja.« Ich drehte den Kopf und küsste seine Hand.

Meine Lust schwoll an, wurde zu einer unerbittlichen Flutwelle, der ich nicht widerstehen konnte. Brokk zwang mir den Höhepunkt mit einer Hand zwischen meinen Schenkeln auf, während er mit der anderen den Stöpsel in mein hinteres Loch trieb. Schließlich verstärkte er den Druck und ließ den Holzpfropfen in meinen gedehnten Eingang flutschen. Ich wackelte ein wenig mit dem Hintern. Meine enge Öffnung zog sich um den Fremdgegenstand zusammen, während meine Scham wie verrückt nässte. Der Stöpsel rührte sich nicht. Seufzend ließ ich den Kopf auf die Felle sinken.

»Na also, Mädchen.« Leif streichelte meinen Hals. »Erledigt, und ohne allzu großes Jammern. Was jetzt?«

»Jetzt legen wir ihr den Gürtel wieder an. Genießen den Met und lassen uns von ihr bedienen, während sie ein bisschen schmort.«

»Nein!« Ich bäumte mich auf. Brokk fing mich ab. Schmunzelnd zog er mich auf seinen Schoß, legte eine Hand zwischen meine Beine, während er mit der anderen meine Brüste knetete. »Nein? Bist neuerdings du es, die uns Befehle erteilt?« Er klatschte erst auf einen Busen, dann auf den anderen. Leichte, verspielte Klapse zwar, dennoch hart genug, um meine Brüste vor Verlangen pulsieren zu lassen.

Mein Mund klappte auf, meine Lippen bewegten sich, doch es drang kein Laut über sie. Mein Höhepunkt köderte mich knapp außer Reichweite. Der Stöpsel drückte sich in meinen Hintern, während ich auf Brokks festem Oberschenkel saß. Und als ich mich von ihm zu lösen versuchte, presste er meinen Po gegen seinen Körper, wodurch ich mich hinten noch ausgefüllter fühlte. Und meine leere Scham weinte.

»Bald wirst du von uns beiden ausgefüllt. Würde dir das gefallen? Sieh Leif an und sag es ihm.«

»Ja.« Ich stöhnte. Mittlerweile hatte Leif seine Mannespracht ausgepackt und massierte sie langsam, während er beobachtete, wie Brokk meine zuckenden Hüften festhielt.

»Wir werden dich beide beanspruchen. Ich nehme ein Ende, Leif das andere. Wir werden es von vorn und hinten mit dir treiben und dich mit unserem Samen füllen. Dann stecken wir dich verlangend und sehsüchtig zurück in den Gürtel. Du wirst unsere Schwänze mit dem Mund sauber machen und unsere Lust wie deine eigene genießen.«

Es war so versaut, so falsch, und dennoch baute sich mein Orgasmus so schnell auf, dass ich ihn nicht aufhalten konnte. Seine Finger spielten an meinen pochenden Schamlippen.

»Würde dir das gefallen, Weide? Wir kümmern uns um dich, waschen und kleiden dich, flechten dir die Haare. Wir sorgen für deine Sicherheit, aber du wirst jeden Tag von Verlangen erfüllt sein, und jede Nacht öffnest du uns deinen Körper. Du wirst für immer eine Gefangene unserer Begierden bleiben.«

Ein Schrei entrang sich meiner Kehle, ein durchdringender Laut, der weit über die Festung hinaushallte. Ekstase fegte durch meinen Körper und schüttelte ihn wie einen

Baum in einem heftigen Sturm. Nur Brokks starke Arme erdeten mich.

Ein jäher Aufschrei von Leif verriet mir, dass er Erlösung gefunden hatte. Sein Samen spritzte auf den Boden und trieb meine Lust erneut in lichte Höhen. Brokks Hand in meinem Schritt, seine harte Brust in meinem Rücken und seine Lippen an meinem Ohr behielten mich wohlbehalten auf der Erde, während jede Berührung die Ekstase tiefer in mich trieb, sie in meiner Seele verwurzelte.

»Oh Weide, Weide, Weide.« Brokk hob seine nassen Finger an meinen Mund. Mit einem leisen Maunzen säuberte ich meine Säfte von seinen Fingern. Mit einer Faust in meinem Haar drehte er sich meinen Kopf zu und presste den Mund auf meinen. Seine fieberhaften Küsse und leidenschaftlichen Berührungen jagten Nachwehen durch mich. Ich tat mich begierig an seinem ungestümen Verlangen gütlich, ein Baum, der nach einer langen Dürre endloses Wasser vorfindet, um seinen Durst zu stillen. Und als er damit fertig wurde, meinen Mund zu erobern, drückte er die Stirn an meine.

»Heute Nacht nehmen wir dich nicht – aber bald. Du wirst bereit für uns sein.«

SIE LIEẞEN ihren Worten Taten folgen. Die Männer steckten mich in den Metallgürtel, ließen mich Met für sie holen, nahmen mich in die Arme und ließen mich von ihren Bechern nippen, bevor sie mich auf die Knie setzten, damit ich sie lutschte.

Beide lächelten entspannt und wirkten umgänglich miteinander.

Als der Mond seinen Höchststand erreichte, hob mich

Leif hoch. In seinen Armen versank ich in Schlaf wie in tiefem Wasser. Die Männer murmelten und lachten miteinander, zankten sich nicht mehr.

Ich träumte, dass ich an dem See stand und mich über das Wasser in Bewegung setzte. Wandelte ich? Flog ich? Anscheinend war ich ein Vogel mit weißen Flügeln, der über die schwarzen Weiten des Gewässers zum Schutz auf der Insel schwebte. Als ich dort landete, war ich nicht allein.

Unter der Weide saß eine weiß gekleidete Frau. Schwarzes Haar hing ihr auf den Rücken. Sie kam mir bekannt vor. Ihr Gesicht wirkte jung, doch ihre Augen hatten etwas Zeitloses an sich.

Sie gab mir ein Zeichen. Als ich mich ihr näherte, erinnerten mich ihr blasses Antlitz und die Neigung ihres Kopfs an die Statue, zu der ich so viele Stunden im Kloster gebetet hatte.

Meine Beine zitterten, aber als sie eine Hand hob, beruhigte mich das verhaltene Lächeln in ihrem Gesicht.

Als ich neben ihr stand, beugten wir uns beide über das Becken zu unseren Füßen. Das Spiegelbild darin sprang mir ins Auge. Bilder flimmerten über die Oberfläche. Brokk stand auf einem Berggipfel. Nebel wirbelte um ihn herum. Leif lehnte in den Schatten an einer Wand der verfallenen Burg. Seine Augen leuchteten. Das schwarze Fell eines Monsters bedeckte seine Glieder.

Als ich die Hand ausstreckte, um das Wasser zu berühren, wirbelten die Bilder weg und hinterließen nur den Widerschein des Monds.

Und ich stellte fest, dass ich meine Brunst nicht mehr fürchtete.

~

BLINZELND ERWACHTE ich aus dem Traum.

»Der Mond«, sagte ich. »Er ist voll.«

Brokk und Leif verstummten. Sie hatten geredet, gelacht, gescherzt, statt zu streiten. Ich hatte um Frieden gebetet, und die Göttin hatte mich erhört.

Kurz verschwammen meine Gedanken, vermischten sich mit meinem Traum. Ich erinnerte mich daran, was sich mir in der Spiegelung des Beckens unter der Weide offenbart hatte. Ich hatte Brokk auf einem Berg stehen gesehen, allein. Leif in den Schatten, wo er gegen das Monster angekämpft hatte. Einer allein, einer am Rand des Wahnsinns. Ich in der Mitte. Irgendwie verkörperte ich die Antwort.

»Geht es dir gut?«, fragte mich einer der beiden.

Ich richtete mich auf. Langsam hob ich den Saum meines Untergewands an und ließ es fallen. Als es den Boden erreichte, waren beide Männer aufgestanden.

»Weide«, stieß Brokk mit belegter Stimme hervor. »Du musst das nicht tun.«

»Ich will es.« Nackt trat ich vor. »Ich will euch erfreuen.«

»Der Mond beeinflusst deinen Geist.« Leif schaute zum Himmel.

»Der Mond ist mir einerlei.« Ich wackelte beim Gehen mit den Hüften. »Alles, was ich will, habe ich vor mir.«

Ich leckte mir über die vollen Lippen und liebkoste meine Brüste. Meine Finger kneteten die blassen Erhebungen, bis sie kribbelten. Ich kniff mir in die Nippel.

»Aufhören«, ertönte Brokks Stimme. »Das steht dir nicht zu. Nur wir können dir die Erlaubnis erteilen, dich anzufassen.«

Ich legte den Kopf schief. »Nun denn«, gurrte ich. »Habe ich die Erlaubnis?«

23

BROKK

as denkst du?, fragte mich Leif. Mein gesamter Körper spannte sich vor Verlangen an, zu ihr zu gehen. Ich wusste, dass Leif genauso empfand.

Wie ist es mit deiner Beherrschung?

Gut, antwortete Leif. *Aber das könnte nicht von Dauer sein.*

»Geh zu den Fellen«, befahl ich Weide. »Berühr dich so, wie du es letzte Nacht getan hast.«

»Du darfst nicht kommen«, erinnerte Leif sie.

Weide zog zwar eine kleine Schmollmiene, nickte aber und begab sich an ihren Platz. Ihr Hintern wackelte beim Gehen. Mein Prügel zuckte in der Hose.

»Unsere kleine Gefangene ist schamlos«, merkte Leif an.

»Sie ist alles, was wir brauchen.« Innerlich jedoch wurde mir kalt. Konnte ich das tun? Konnten wir sie für immer zeichnen?

Weide legte sich mit gespreizten Beinen auf die Felle. Ihre Hand fuhr über ihren prallen, rosa Schamlippen auf und ab. Sie würden sich weich und seidig anfühlen, wie Rosenblütenblätter. Mit einem Finger reizte sie ihre Lustperle und ließ dazu ein sinnliches Stöhnen vernehmen. Und ich traf meine Entscheidung.

»Auf alle viere. Hände und Knie.« Ich kniete mich vor sie und packte aus, während sie in Stellung ging. »Wir werden nicht sanft mit dir umspringen«, warnte ich sie.

Weide leckte sich über die Lippen, dann öffnete sie den Mund weit genug, um mich aufzunehmen. Sie saugte so heftig, dass sich ihre Wangen nach innen wölbten. Meine Muskeln krampften sich zusammen, als ich mich mit einer Willensanstrengung davon abhielt, mich hart in ihren Mund zu rammen.

Leif kniete sich hinter sie. Er legte die Hand auf ihre feuchte Spalte, ertastete ihre empfindlichsten Stellen und reizte sie gnadenlos. Sie stöhnte um meine Männlichkeit herum, als er sie zur Entladung trieb.

»Perfekt«, sagte ich und stieß mit den Hüften zu, rammte mich in ihr Gesicht, während Leif sie mit den Fingern einem weiteren Höhepunkt entgegenführte. Ihr Wimmern drang um meine Härte herum hervor, als Leif seinen Schaft an der Pforte ihrer jungfräulichen Scham ansetzte.

Ich zog mich aus ihr zurück und packte ihr Kinn. »Mach dich gefasst, Mädchen.« Sie nickte.

Leif stöhnte, als er sich in ihr versenkte. »So eng.«

»Braves Mädchen«, lobte ich sie. »In dieser Nacht kannst du dir dein Vergnügen nehmen, so oft du willst.« Ich bückte mich und drückte ihr einen Schmatz auf die Lippen. Sie verwandelte ihn in einen leidenschaftlichen Kuss. Dann drehte sie den Kopf und nuckelte an meinen Fingern, als ich mich zurückzog.

»Bitte«, flehte sie mich atemlos an. Ich wäre wahrscheinlich gefallen, wenn ich nicht schon auf den Knien gewesen wäre. Sie wollte mich genauso sehr, wie sie Leif wollte. Sie wollte *mich*. Der Ausdruck in ihren Augen ließ keinen Zweifel daran.

Leif schob sich in ihr langsam vor und zurück. Nach einem letzten Kuss lenkte ich ihren Kopf wieder zu meiner Härte.

»Bereit?«, fragte ich Leif.

Zusammen trieben wir es mit ihr, wogten in ihr vor und zurück, bewegten uns in völligem Einklang. Schweißperlen bildeten sich auf ihrem Rücken. Ich wischte sie weg.

»So heiß, so bereit für uns«, brummte Leif.

Unser Takt beschleunigte sich. Wir nahmen sie härter, bis ich kurz vor dem Höhepunkt stand. Ekstase flutete mich. Mein gesamter Körper spannte sich an, als ich dazu ansetzte, meinen Samen in ihrem Mund zu entladen. Leif klatschte ihr erst gegen den rechten Oberschenkel, dann gegen den linken. Als sie erneut um meinen Schaft herum wimmerte, verlor ich beinah die Beherrschung. »Bei Odins Nüssen«, stieß ich keuchend hervor.

Leif lachte. Er packte ihre Hüften und brachte sich mit einer Reihe schnellerer Stöße zur Entladung. Gleich darauf kam auch sie erneut und stöhnte laut. Ich zog mich aus ihrem Mund zurück und spritzte ihr ins Gesicht. Dann packte ich ihr Kinn, küsste sie wieder und schmeckte mich selbst auf ihren Lippen.

Schwer atmend sackte sie auf die Felle.

»Oh nein«, sagte Leif und zog ihre Hüften hoch, streckte ihr Hinterteil dem Himmel entgegen. Dann beugte er sich hinab und setzte den Mund an ihr an. Die Nacht hatte gerade erst begonnen.

~

Wir leckten und züngelten sie bis zum Morgengrauen. Als der Mond den Himmel verließ und der Morgenstern hervorkam, schlief Weide zwischen uns.

»Es hat begonnen«, sagte Leif, als er mir den Met reichte.

Ich nickte. Wir hatten über ein Jahrhundert auf diese Nacht gewartet. Nun dämmerte der erste Tag unseres restlichen Lebens. Würde ihre Liebe zu uns von Dauer sein?

»Oh nein.« Warnend schüttelte er einen Finger in meine Richtung. »Nicht schmollen, Steingesicht.«

Weide erwachte. »Zankt ihr euch schon wieder?«

»Nein«, stieß ich hervor. »Komm, lass uns dich waschen.«

»Ich will schlafen.« Sie kuschelte sich zurück in die Felle.

Ich hob sie mitsamt den Fellen hoch und trug sie hinunter zum See. Sie kreischte, als ich sie hineinwarf, und tauchte mit einem finsteren Blick auf.

Leif lachte, bis ich ihm entgegenhechtete. Wir rangelten am Ufer miteinander. Er zerrte mich knietief ins Wasser, bevor ich ihn hineinstieß.

Dann stürzten sich sowohl Leif als auch Weide auf mich. Ich wagte nicht, Gegenwehr zu leisten, weil ich fürchtete, sonst Weide umzustoßen, und diesmal tunkten sie mich ins Wasser. Weide schlang sich um mich. Sie klammerte sich an meinen Rücken, als ich herumschwamm. Ich tauchte ab und beobachtete, wie sich ihr Haar gleich einem schwarzen Netz hinter ihr ausbreitete, als sie davonschwamm.

Der Nachmittag verging wie in einem Traum.

»Was möchtest du mehr als alles andere, Mädchen?«, fragte Leif, als wir auf der Mauer saßen. Auf unser Verlangen blieb sie nackt, während ihr Haar trocknete. Ich kämmte es mit den Fingern und flocht es. Ich liebte es, sie zu berühren.

Ich erinnere mich noch, wie du sie gar nicht anfassen woll-test. Leif sah mich mit hochgezogener Augenbraue an. Ich hatte meinen Geist für ihn offen gelassen. Zwar erwiderte ich nichts auf seine Anmerkung, aber ich schloss ihn nicht aus.

»Nun, Weide?« Auch ich zog eine Augenbraue hoch. »Verrate uns deinen Herzenswunsch.«

»Ich wünsche mir, dass meine Freundinnen in Sicherheit sind.«

»Das sind sie. Ich verspreche es. Wir werden bald zum Berg zurückkehren und sie sehen.«

»Warum warten wir?«

»Es gibt noch etwas, das wir tun möchten, bevor wir aufbrechen.« Ich hob ihr das Haar von der Schulter und berührte die Stelle, an der wir sie zeichnen würden. »Es wird schon bald passieren.«

»Wünschst du dir sonst noch etwas? Fleisch, Fisch, einen Apfel, Käse?« Leif zählte an den Fingern ab.

»Da ist jemand hungrig.« Sie lachte kurz, dann jedoch wurde sie wieder ernst. »Im Waisenhaus war eine junge Frau. Eine Freundin. Ihr Name war Hasel.«

Hasel. Der Name kommt mir bekannt vor, übermittelte mir Leif.

Ja. Sie ist Knuts Gefährtin. Laut sagte ich zu Weide: »Hasel geht es gut. Einer unserer Krieger hat sie vor der Höhle des Totenkönigs gerettet. Sie hat unseren Freund Knut als Gefährten angenommen.«

Weide sah mich blinzelnd an. Ihre Brust hob und senkte sich heftig.

»Wir hätten es dir früher sagen sollen. Sie wollte dir eine Nachricht zuspielen, damit du wissen würdest, dass wir kommen. Aber der Totenkönig wurde stärker, und wir hatten nur wenige Tage, um das Kloster einzunehmen.«

»Hasel lebt?«, wiederholte Weide, als hätte sie kein Wort davon gehört, was ich gesagt hatte.

»Und ist glücklich«, fügte Leif hinzu. »Sie ist mit ihrem Gefährten auf dem Berg.«

Weide schüttelte mit Tränen in den Augen den Kopf.

»Bei Odins Atem«, murmelte ich. »Komm her, Mädchen, bevor du noch von der Mauer fällst.« Ich zog sie in meine Arme. Sie drückte mich fest.

»Danke«, sagte sie. »Danke.«

»Die Berserker werden über alle deine Freundinnen so wachen wie wir über dich, Weide.«

WIR MÜSSEN uns mit ihr paaren und sie zeichnen, und zwar bald, sandte mir Leif, als die Sonne am Himmel tiefer sank. *Ich spüre meine Bestie. Sie treibt mich an den Rand der Selbstbeherrschung.*

Na schön. Ich achtete nicht auf die Beklommenheit, die sich in mir regte. Leif hatte recht. Es schien besser zu sein, sofort Anspruch auf sie zu erheben, bevor es zu spät wäre.

Du bist einverstanden? Leif klang zugleich überrascht und erleichtert.

Sie ist die Richtige für uns, gab ich zurück und meinte es auch so. Ich hatte mich in Weide verliebt. Schon bei ihrem ersten Anblick auf der Straße hatte ich das Herz an sie verloren. Sie hatte verunsichert dreingeschaut, als sie zwischen uns eingepfercht gestanden hatte. In der Luft hatte dennoch der Geruch ihrer Erregung gelegen.

Ich schluckte schwer. Die Liebe hatte sich an mich angepirscht und sich an meiner Verteidigung vorbeigeschlichen. Sie war beinah stark genug, um mich meinen alten Schmerz vergessen zu lassen.

Beinah.

Erleichterung überkam mich, als mein Kriegerbruder losging, um Feuerholz zu holen, sodass Weide und ich allein zurückblieben. Nicht zum ersten Mal verfluchte ich die Bruderbindung. Im Verlauf der Jahre hatte ich mich daran gewöhnt, doch Weide brachte mich dazu, mich wieder an meinen Hass zu erinnern. Leif meinte, wir würden sie teilen. Aber als ich in der Vergangenheit geteilt hatte, war mir von ihm genommen worden, was mir gehört hatte.

»Der Mond wird heute Nacht wieder voll sein«, merkte ich an.

»Er nimmt ab«, stellte Weide richtig.

»Nah dran.« Ich hob sie hoch und schwelgte im Gefühl ihres weichen, kleinen Körpers an meinem. Ihre Hände fuhren über meine Arme, tasteten über die glatten Muskeln und beschrieben einen Umweg, um eine Narbe näher zu erkunden. Als ihre Finger den Weg zu meinem Gesicht fanden und über meine kantige Kieferpartie, meine buschigen Augenbrauen strichen, hielt ich den Atem an. Ich war kein schöner Mann, dennoch berührte sie mich mit der gleichen Ehrfurcht wie Leif, bis ich mich zu ihr beugte und sie küsste.

Als sich meine Lippen von ihren lösten, schlang sie seufzend die Arme um mich.

»Glücklich?«, fragte ich sie.

»Ich ...« Sie zögerte. »Ja, bin ich. Und du?«

Ich grunzte. »Wenn es sicher wäre, würde ich ewig hier bleiben.« Wann immer Leif zur Jagd aufbrach, stellte ich mir vor, Weide würde mir gehören, mir allein.

Sie runzelte die Stirn und schien meine Gedanken aufzugreifen. »Warum streitest du mit Leif?«

»Was?«

»Zuerst dachte ich, du magst mich nicht, dabei ist er es, gegen den du etwas hast.«

»So etwas solltest du nicht sagen.« Ich wollte sie wegschieben, aber sie behielt die Arme um meinen Hals geschlungen.

»Warum nicht?«

»Es ist vor langer Zeit passiert, Mädchen. Ist nicht mehr wichtig.«

Sie schnaubte.

Ich stand auf und stellte sie auf den Boden. Sie ließ mich zwar los, folgte mir aber, als ich mich ein paar Schritte von ihr entfernte. »Ich will nicht von alten Wunden sprechen.«

»Sie ist aber nicht verheilt«, entgegnete sie leise.

»Na schön.« Entlang der Burgmauer wuchsen rote Rosen. Ich pflückte ein paar und reichte ihr eine. Die anderen zerlegte ich Blütenblatt für Blütenblatt.

»Bevor ich in eine Bestie verwandelt wurde, habe ich eine Frau geliebt«, sagte ich. »Wir hatten vor zu heiraten. Aber ich habe sie vertröstet, als ich zum Berserker wurde, denn obwohl ich große Kontrolle über die Bestie hatte, wollte ich ihr Leben nicht aufs Spiel setzen. Außerdem hatte sie – wie jede Frau – ein Auge auf Leif geworfen.« Ich bemühte vergeblich, Verbitterung aus meinem Ton herauszuhalten.

»Eines Nachts hat sie mich dazu überredet, sie zu teilen. Ich wollte es zwar nicht, aber ich hätte alles getan, um sie glücklich zu machen. Sie meinte, es würde nichts an ihrer Liebe zu mir ändern. Ich habe sie zusammen beobachtet ...« Meine Kehle fühlte sich wie zugeschnürt an. Mehr brachte ich nicht heraus.

Weide fädelte einen Arm durch meinen.

»Brokk, du bist so allein. Ich weiß, wie es ist, allein zu sein.«

Ich räusperte mich. »Ich erzähle dir auch noch den Rest. Eines Nachts bin ich in meine Hütte zurückgekehrt, da haben sie und Leif miteinander geschlafen.«

»Was hast du getan?«

»Was konnte ich schon tun? Ich bin gegangen.«

»Du gehst immer weg«, rief Leif, der um die gekrümmte Steinmauer kam.

Ich wirbelte zu ihm herum. Mir widerstrebte zutiefst, dass er sich angeschlichen hatte. Ich wollte wissen, wie viel er gehört hatte, wollte aber nicht seinen Geist berühren, um es herauszufinden.

»Und du lügst immer«, warf ich ihm vor. »Ich bin gegangen, weil eine Konfrontation deine Bestie heraufbeschworen hätte. Herausgefordert habe ich dich später, und du hast die Schuld auf sie geschoben. Du hattest Glück, dass ich so viel Selbstbeherrschung besitze. Sonst hätten wir gekämpft, und die Alphas hätten uns getötet.«

»Ich habe nicht ...«

»Still! Ich habe all die Jahre die Bürde deiner Bestie zusätzlich zu meiner ertragen. Ich verabscheue dich«, spie ich ihm entgegen. »Du bist ein Feigling.«

Leifs Züge verfinsterten sich. Seine Haut kräuselte sich, als könnte er sich jeden Moment verwandeln. »Vorsicht, Bruder.«

»Ich bin nicht dein Bruder. Und die Bindung zwischen uns – ich wünschte, es gäbe sie nicht.«

»Brokk«, ergriff Weide das Wort. Ihre kleinen Hände zogen an meinem Arm.

Ich achtete nicht auf sie. »Ich hätte dich sterben lassen sollen. Das wäre Gerechtigkeit gewesen.«

»Nein«, stieß Weide entsetzt japsend hervor. »Brokk, das meinst du nicht so.«

»Doch.«

»Bitte.« Sie streckte sich nach mir.

»Geh zu ihm.« Ich stieß sie weg. Sie geriet ins Taumeln, und Leif fing sie auf.

»Was ist los mit dir?«, fragte er mit knurrendem Unterton.

Aus dem Gesicht unserer Frau sprachen Verwirrung und Entsetzen. Ihr gegenüber hatte ich noch nie die Beherrschung verloren, hatte immer die Kontrolle behalten. Ich schämte mich.

»Du wirst glücklich mit ihm sein«, sagte ich zu Weide und ging.

ICH STEUERTE auf den Berg zu. Dann jedoch schlug ich einen Umweg ein und wanderte ziellos umher, bis ich auf ein Feld voller Wildblumen stieß.

An die Schlacht, die unsere Bindung geschmiedet hatte, erinnerte ich mich, als wäre sie erst gestern gewesen. Ich war damals wütend, konnte es kaum erwarten zu kämpfen. Während ich im Gefecht von zahlreichen Männern umgeben war, flog ein Speer auf mich zu. Er hätte sein Ziel gefunden und sich in mein Herz gebohrt, hätte Leif nicht seinen Schild hochgerissen und ihn vom Kurs abgelenkt. Dann zwinkerte er mir zu, und ich knurrte, war ihm nicht dankbar, sondern verärgert. Damit hatte ich eine Ehrenschuld – die ich wenige Stunden später zurückzahlen konnte.

Wir kämpften zu der Zeit als Söldner im Dienst der Nordlandkönige, die Anspruch auf die Inseln hoch im Norden erhoben. Die gegnerische Streitkraft konnte gegen uns nicht bestehen, aber sie hatte einen Riesen, einen Mann mit großer Kraft. Zwar konnte auch er es nicht mit Berserkern aufnehmen, aber man schickte ihn mit vielen anderen Kriegern gegen unsere kleinere Truppe ins Gefecht. Sie warfen Netze über Leif und nahmen ihn gefangen. Leif kämpfte darum, nicht die Kontrolle zu verlieren. Bei der letzten Schlacht war es fünf Kriegern nicht mehr gelungen, zu klarem Verstand zurückzufinden. Die Alphas hatten ihre Raserei beendet – indem sie jedem der Krieger das Herz aus der Brust gerissen hatten. Nur ein Berserker konnte einen Berserker töten.

Ich hatte beobachtet, wie der Riese Leif gefangen hatte, und kämpfte mich zu ihm durch. Als die Axt des Riesen herabschwang, wehrte ich den Hieb ab. Leifs Schwert stieß durch das Netz hervor und schlug dem Riesen den Kopf ab. Er hatte mir das Leben gerettet, ich hatte es ihm gerettet. Die Bindung bildete sich und verknüpfte uns für immer miteinander. Mein Feind, mein Kampfgefährte, den ich verachtete, konnte Verbindung zu meinem Geist herstellen.

Brokk, komm zurück. Der Ruf ertönte so leise, dass es ein Echo sein mochte, ein Versuch meines Verstands, mich zu ködern. *Brokk, bitte. Wir brauchen dich. Ohne dich können wir nicht überleben.*

Lügen, alles nur Lügen.

Ich streifte über die von Heidekraut bewachsenen Hänge, und Leifs Ruf verblasste. Vielleicht sollte ich zurück zu den hohen Felsen laufen und die Sinne zu den Alphas entsenden. Dann würde ich sie ersuchen, mich wieder in die Schlacht zu schicken. Ich würde die Grauen suchen und so viele wie möglich erschlagen, bevor ich fiele. Weide würde es mit Leif gut gehen. Vielleicht bildete sich die Paarungsbindung deshalb zwischen Dreiergespannen – wenn ein Berserker starb, konnte sich der andere um die Gefährtin kümmern.

Brokk ... nein ...

Vom höchsten Hügel aus beobachtete ich, wie sich der Nebel näherte. Ich kniff die Augen zusammen. Er hielt auf die verfallene Burg zu.

Und dann stellte ich fest, dass ich nicht zur Jagd auf den Feind aufbrechen musste. Der Feind war zu uns gekommen.

ICH RANNTE, so schnell ich konnte. Der Nebel schloss sich um mich wie eine Faust. Gelegentlich wurde er erstickend wie dichter Rauch, aber ich kämpfte mich weiter und entsandte die Sinne zu Leif. *Bruder? Wo bist du? Schaff Weide weg!*

Vor mir zeichnete sich der eingestürzte Turm ab, und ich hörte einen Schrei. Weide steckte in Schwierigkeiten.

Ich verdoppelte die Geschwindigkeit, sprang auf die Überreste des Wehrgangs und sah, wie Leif angriff.

Weide war in eine Ecke gedrängt und hielt einen Ast, den sie sich aus dem Feuer geschnappt hatte. Sie schrie erneut und fuchtelte mit ihrer flammenden Waffe vor dem Monster, in das sich Leif verwandelt hatte.

»Leif, nicht!«, brüllte ich, als er auf Weide vorrückte. Ich öffnete die Bindung zwischen uns. *Verlier nicht die Kontrolle. Nicht jetzt. Wir haben so lange gewartet.*

In geduckter Haltung schwenkte Weide ihre behelfsmäßige Fackel dem Monster entgegen. Leif fegte sie ihr aus der Hand. Seine klauenbewehrten Finger holten zu einem Schlag gegen ihren schutzlosen Körper aus. Ich warf mich ihm entgegen, riss ihn durch meinen Schwung quer durch den Burghof mit. Knurrend überschlugen wir uns. Die Luft um uns herum knisterte, während ich sowohl gegen Leif als auch gegen die Verwandlung kämpfte. Der Nebel sickerte in jeden Winkel, überzog die Festung mit einer dichten Decke.

Die Zauber des Totenkönigs vermochten, das Wetter selbst zu beeinflussen.

»Weide!«, brüllte ich, während ich mit meinem Kriegerbruder rang. In seinen goldenen Augen loderte blanker Wahnsinn.

Leifs Klauen schlugen nach mir, erwischten mich an der Schulter und rissen breite, blutige Furchen in meinen Arm. Ich brüllte vor Schmerz auf, und die Bestie brach aus mir hervor.

Ich kauerte an der Mauer und presste mich so fest gegen den Stein, dass mein Rückgrat schmerzte.

»Lauf!«, befahl mir Brokk, aber ich konnte mich nicht bewegen. Er duckte sich und wehrte Leif ab. Ich schrie auf, als die schwarze Bestie, in die sich Leif verwandelte, auf Brokk zustürmte, der vor ihr auf den Rücken gefallen war. Brokks mächtige Beine traten aus und ließen Leif in den dichten Nebel segeln, wo er außer Sicht geriet.

»Der Nebel!«, rief Brokk. »Das ist das Werk des Totenkönigs. Er greift den Verstand an.« Sein menschliches Gesicht verschwand. Sein Kiefer verlängerte sich, Fell bedeckte seine Haut, als auch er sich in ein Monster verwandelte. »Die Bestie«, stieß er hervor. »Lauf.«

Leifs Knurren hallte durch den Bergfried. Ich wirbelte herum und rannte los. Dabei achtete ich nicht auf die gequälten Laute eines Raubtiers, dem die Beute entwischte.

Ich missachtete meine Anweisungen und blieb stehen, um zurückzuschauen. Auf der Burgmauer rangen zwei Männer miteinander, während um sie der Nebel wirbelte.

Sie waren gleich groß und gleich stark. Ebenbürtig. Einer oder beide würden den Kampf nicht überleben.

Und ich würde allein zurückbleiben. So allein wie damals, als mich meine Mutter weggegeben hatte. Für immer allein. Selbst wenn ich den Weg zurück zum Kloster fände, könnte ich dort nur in dessen Ruinen hausen und durch ein verwaistes Dorf streifen ...

Der Totenkönig ... greift den Verstand an. Das waren nicht meine Gedanken. Oder falls doch, erschuf ich die Verzweiflung selbst. Also konnte ich sie genauso einfach verdrängen.

Meine Gedanken wurden klarer.

Gut gemacht, Weide. Die liebliche Stimme gehörte der Herrin vom See. Das Wasser – es hatte die Grauen aufgehalten. Vielleicht könnte ich dort Zuflucht finden.

Der Nebel folgte mir, senkte sich wie eine Wolke vom Bergfried herab. Er überholte mich. Ich hustete, als er mir in die Nase und den Rachen drang.

Hinter mir ertönte schauerliches Geheul.

Schnell, Weide. Zum See.

Mit neuer Entschlossenheit schleppte ich mich über einige am Ufer liegende Vogelkadaver. Der Nebel vergiftete alles, was er berührte. Im Laufen zog ich die Kleidung aus, rannte ins Wasser und tauchte hinein.

DAS WASSER TEILTE sich und spiegelte die schrecklichen Ereignisse, die sich am Ufer abspielten – zwei Männer, die sich näher als Brüder standen, kämpften darum, sich gegenseitig umzubringen. Der schlimmste Fall war eingetreten: Sie hatten die Kontrolle verloren. Der Totenkönig würde meine Beschützer ausschalten, danach würde er sich mich holen.

Ich schwamm und schwamm. Der Nebel erstreckte sich über mir wie ein endloser Schleier. Ich würde schwimmen, bis ich unterginge und wie meine Geliebten stürbe. Der Totenkönig würde mich nicht bekommen.

Um ein Haar hätte ich aufgeschrien, als meine Füße auf Boden stießen. Ich kroch ans Ufer der kleinen, von Nebel umgebenen Insel – der Insel aus meinem Traum.

Der Nebel folgte mir nicht, als ich auf die von Flechten überzogenen Steine stolperte. Ich zitterte vor Kälte, musste mich wärmen. Nach hundert Schritten gelangte ich zur Mitte, wo nur einige Bäume und niedrige Büsche wuchsen. Keinerlei Vögel waren zu hören.

Nachdem ich mich durch das Gebüsch gekämpft hatte, gelangte ich zu einem Steinkreis, der einen riesigen, flachen Felsblock umgab. Ich wankte darauf zu. Der Stein vibrierte unter meiner Berührung wie ein alter Freund und wärmte mich. Ich beugte mich über eine Vertiefung darin, die einen dünne Schicht Regenwasser aufgefangen hatte. Die Flüssigkeit rührte sich, kräuselte sich. Als sie wieder glatt wurde, erblickte ich die Frau aus meinem Traum. Sie sah jünger aus, doch sie war es.

»Hilf mir«, flehte ich sie an. »Ich bin nicht stark genug, um sie aufzuhalten.«

»Wer hat dir das gesagt?«, fragte sie. Ihre Stimme klang melodisch, flüssig und merkwürdig vertraut.

»Bitte. Sie verletzen sich gegenseitig. Gib mir etwas, um gegen den Nebel zu kämpfen und sie damit aufhören zu lassen.«

»Die einzige Waffe des Nebels ist dein Geist. Befrei ihn von allem außer Liebe, dann kannst du triumphieren.«

»Ich weiß nicht, wie.«

»Doch, das weißt du, Weide. Du hast dich dein Leben

lang nach dieser Liebe gesehnt. Schneide dich nicht davon ab.«

Die Spiegelung wurde trüb und wieder klar. Meine Männer kämpften immer noch am Ufer. Klauen fetzten durch Haut, Blut strömte aus Wunden.

Während ich hinsah, brüllte Leif auf und griff an. Ich schnappte nach Luft. Schließlich fiel Brokk auf die Knie und stieß nach oben. Der rothaarige Krieger hielt inne, den Mund zu einem stummen Schrei geöffnet. Die Bestie zog sich zurück, als Leif seinem Bruder in die Augen sah. Brokks Gesicht glich einer schrecklichen Maske, als er seinen Bruder anstarrte, die Arme beinah wie zu einer Umarmung ausgestreckt. Er erhob sich, und Leif sank vor ihm zu Boden. Blut blubberte aus seinem Mund. Brokks Klauen hatten ihn durchbohrt, ein tödlicher Treffer.

»Nein!«, brüllte ich und hastete vom Becken weg. Genug versteckt. Ich gehörte zu meinen Kriegern, und sei es nur, um Brokk festzuhalten, während wir Leif beim Sterben zusehen mussten.

Ohne nachzudenken, raste ich ins Wasser, schlitterte über den vom Mondlicht erhellten Weg, als wäre der See fest wie schwarzes Glas. Ich hastete geradewegs zurück zum Ufer. Der Nebel teilte sich vor mir.

Die Bindung, Weide. Stell eine Verbindung zu ihnen her.

Ich öffnete meinen Geist. Gleich darauf strömte unsagbarer Schmerz in mich. Unvorstellbare Qualen. Nicht von Leif. Von Brokk.

Verzeih mir, Bruder. Der Krieger mit den kantigen Zügen kniete sich an die Seite seines gutaussehenden Kameraden.

»Du hast sie gerettet.« Weiteres Blut blubberte aus Leifs Mund. Es durchtränkte bereits sein Haar.

Schlitternd erreichte ich das Ufer. »Oh nein ...« Ich schluchzte. Aus nächster Nähe sah Leifs Wunde noch viel schlimmer aus. Beide Männer waren blutüberströmt, Brokks Hände dunkel wie das Herz einer Rose. Seine Klauen hatten sich so tief in Leifs Brust gebohrt, dass sie ein Stück herausgerissen hatten. Welcher Mensch könnte eine solche Verletzung überleben?

Ich warf mich auf die Knie und presste die Hände auf die Wunde. »Nein. Nein.«

»Es tut mir leid.« Leifs Mundwinkel zuckten, als versuchte er zu lächeln.

»Nein, nein, schhh«, tröstete ich ihn weinend. Der Nebel um uns herum wirbelte und wurde von einem eisigen Wind zurückgeweht. Schnee rieselte von einem brodelnden Himmel. Das merkwürdige Wetter passte zu einer in Wahnsinn gestürzten Welt.

Brokk. Ich habe dir vor vielen Jahren Unrecht getan. Leifs Stimme erklang in meinen Gedanken, obwohl sich seine Lippen nicht bewegten.

Brokk schüttelte den Kopf.

Deine Frau wollte mich nicht mal. Sie wollte dich eifersüchtig machen. Deshalb hat sie mich verführt. Ich war schwach. Leifs Augen wurden groß, und er schnappte gequält nach Luft.

»Es ist vergessen, Bruder. Vergeben. Ich habe viel zu lange einen Groll gegen dich gehegt. Das tut mir leid.«

Verschließt euer Herz nicht vor der Liebe, wandte sich Leif an uns beide. *Versprecht es mir.*

»Bruder, bitte.« Brokk kniete sich hin. »Du darfst nicht sterben. Wirst du nicht. Die Heilung wird einsetzen. Ich habe die Bindung für dich geöffnet – das wird reichen, um dich zu retten.«

Pass auf Weide auf.

»Leif, nein! Bleib bei mir.« Meine Hände waren zu klein. Ich konnte den Strom des Bluts nicht eindämmen. »Hilfe!«, rief ich. »Wir brauchen Hilfe!«

»Na, wenn das mal kein schönes Bild ist.« Eine blonde Frau erschien mit forschen Schritten aus dem Nebel. Sie war klein und wirkte gewöhnlich, bis sie näher kam. Da entpuppte sich ihr Gesicht als widernatürlich glatt, wies keinerlei Linien auf, und ihre Züge muteten starr wie eine Maske an.

»Wer bist du?«

Brokk knurrte und stürmte auf sie zu.

Sie schwenkte nur die Hand, und er erstarrte.

»Bleib weg!«, brüllte er, schien sich aber nicht mehr rühren zu können.

Ich schützte Leif mit meinem Körper. »Nein.«

»Komm, Weide.« Die Frau kauerte sich neben mich. »Ich bin hier, um zu helfen. Lass mich die Wunde sehen.«

Leifs Leben floss aus ihm ab, während wir sprachen. Es konnte nicht schaden, sie einen Blick auf ihn werfen zu lassen. Schließlich konnte sie ihn nicht doppelt töten.

»Wer bist du?«, krächzte ich ungläubig.

»Das ist die Hexe Yseult«, sagte Brokk. All sein Zorn hatte sich verflüchtigt. »Die Alphas haben sie geschickt. Kannst du ihm helfen?«

»Du hast ganze Arbeit geleistet«, herrschte Yseult ihn an. Scharf schüttelte sie den Kopf. »Du bist der Einzige, der ihn retten kann.«

»Wie?« Brokk warf sich neben uns.

»Gib ihm dein Herzblut. Auf dieselbe Weise, wie du jemanden verwandeln würdest. Das wird die Bindung zwischen euch stärken. Er kann deine Kraft für die Heilung verwenden.«

»Das ist ... deine Gelegenheit ... mich loszuwerden.« Leif packte ihn am Arm. Brokk schüttelte die kraftlose Hand seines Kriegerbruders ab, als wöge sie nicht mehr als eine Fliege.

»Und zu versuchen, Weide ohne deine hässliche Fratze an der Seite zu umwerben? Kommt nicht in Frage. Neben dir nehme ich mich beinah hübsch aus.«

»Schnell jetzt«, drängte die Hexe.

Ich zuckte zusammen und wandte mich halb ab, als Brokk die Klauen in die eigene Brust stieß.

Yseult beobachtete ihn aufmerksam. Ihre Züge leuchteten vor Aufregung. »Heb ihn an, lass ihn trinken.« Die Hexe leckte sich die Lippen.

»Bitte«, flehte ich sie an. »Lass mich nicht beide verlieren.«

»Wirst du nicht.«

Mein Schluchzen schüttelte mich durch. Brokk beugte sich über Leif, schob einen Arm unter den Rotschopf, hielt ihn wie bei einer letzten Umarmung fest.

Der Nebel um uns herum brodelte. Ranken versuchten, uns zu fassen, und lösten sich auf, wenn sie die Hexe berührten.

Schließlich erhob sich Yseult. Ich schüttelte mich und erinnerte mich daran zu atmen. »Es ist vollbracht.«

Brokk sackte zusammen und rollte sich auf die Seite, drehte sich Leif zu.

»Ist er ...« Ich wagte nicht, die Frage zu Ende auszusprechen.

Yseult deutete auf Leif. »Sieh selbst.«

Unter dem geronnenen Blut hatte sich Leifs Wunde geschlossen. Der verletzte Krieger keuchte ein wenig, aber sein Gesicht war nicht mehr blass wie das eines Toten.

»Bruder«, stieß Brokk mit belegter Stimme hervor. Seine eigene Wunde war bereits verheilt. Beim Anblick der Tränen in seinen Augen schluchzte ich heftiger.

Die Luft schien sich zu verdichten und zu erstarren.

»Komm, Weide«, rief mich die Hexe. »Lass sie kurz allein und geh ein Stück mit mir.«

Ich erhob mich und stand still. Hunderte von Schneeflocken hingen in der Luft. Ich berührte eine. Sie zischelte, als sie schmolz. Der Rest rieselte langsam wie Federn zu Boden.

Die Zeit hatte sich verlangsamt. »Yseult ... hast du ...«

»Ich habe dafür gesorgt, dass Brokk seinen Bruder rechtzeitig gerettet hat. Es war alles sein Werk ... abgesehen von ein bisschen Hilfe. Komm.«

Zögerlich verließ ich die Krieger und ging mit der Hexe an den Rand des Sees.

»Sie werden dich brauchen«, meinte Yseult zu mir. »Sie werden sich weiterhin zanken. Der Nebel des Totenkönigs kann nur einen schwachen Geist beeinflussen. Deine Kraft und die Magie der Bindung werden dafür sorgen, dass sie stark bleiben.«

Ich schluckte schwer und wollte fragen, wie ich den Kriegern auf diese Weise helfen könnte.

»Dennoch«, fuhr Yseult fort, »würde ich hier nicht länger als eine weitere Nacht und einen weiteren Tag bleiben. Mehr nicht. Für den Fall, dass der Feind seine Schergen herschickt.«

»Ist der Totenkönig nah?«

»Er ist zwar noch an sein Grab gebunden, aber seine Macht nimmt zu. Ich wage nicht, in die Nähe seines Gebiets zu reisen. Er würde mich fangen und mein Wesen in sich aufsaugen. Sogar hier darf ich nicht verweilen.«

»Du gehst? Aber was ist mit dem Nebel?«

»Du hast alles, was du brauchst, um ihn zu besiegen. Deine Angst und deine Verzweiflung nähren diesen Zauber. Der Nebel hat ihre Bestien entfesselt, weil diese Ungetüme in ihnen sie mit ihrer Raserei zu beschützen versuchen.«

»Aber die Bestie schützt sie nicht. Sie bringt sie dazu, die Kontrolle über sich zu verlieren.«

»Zu viel Stärke kann eine Schwäche sein. Du wirst ihnen beibringen müssen, ihre Bestien zu zähmen.«

»Ich?«

»Es gibt etwas, das sie teilen und mehr als alles andere schätzen.«

»Was« Ich fragte mich, ob sie von einem Gegenstand sprach, von etwas aus ihrer Heimat. Oder vielleicht von einer sehr wertvollen Waffe.

Yseult sah mich mit einem ungeduldigen Ausdruck an. »Dich, Weide. Du kannst die Bindung zwischen ihnen heilen, und ihr drei werdet geeint sein.«

Ich biss mir auf die Unterlippe.

»Meine Arbeit hier ist getan.« Yseult deutete beiläufig mit der Hand in Richtung der Festung. Leif und Brokk lagen nach wie vor in den Schatten. Brokk beugte sich über den genesenden Krieger und ergriff dessen Hand mit beiden Händen.

»Danke«, sagte ich zu der Hexe. »Ich bin dir sehr verbunden, dass du gekommen bist. Aber ...« Ich stockte und schüttelte den Kopf. »Woher hast du gewusst, wo du uns finden kannst?«

»Die Alphas haben mich geschickt. Aber durch den Nebel habe ich dich gefunden, als ich deine Magie gespürt habe.«

»Meine Magie?«

»Ja.«

»Das war die Göttin.« Ich erzählte ihr von der Frau auf der Insel.

»Das war nicht die Göttin.« Sie lächelte, ein unheimlicher Ausdruck in ihrem unmenschlichen Gesicht.

»Wer war es dann?«

»Hier.« Yseult hob einen Stock auf und schwenkte ihn über den Rand des Wassers. Die Zeit beschleunigte sich wieder. Der Nebel lichtete sich, verflüchtigte sich in den Wald.

»Schau noch einmal in den See.« Sie zeigte auf das stille, schwarze Wasser.

Stirnrunzelnd kam ich ihrer Aufforderung nach. Der Wind kräuselte die Oberfläche, dennoch zeigte sich unter den feinen Wellen ein deutliches Bild. »Das ist sie. Die Herrin vom See.« Ich drehte mich Yseult zu, aber die Hexe war verschwunden.

Die Spiegelung zu meinen Füßen zeigte die Frau, der ich auf der Insel begegnet war. Die Frau, die ihre Weisheit mit mir geteilt und mir Kraft verliehen hatte. Eine Frau mit dunklem Haar, grünen Augen und großer Macht. Mich.

»WEIDE!«, rief Brokk. Ich ging zu ihm und hielt die Hand über die heilende Wunde an seiner Brust, bevor ich mich Leif zuwandte. Der Krieger lag immer noch auf dem Rücken, gestützt von einem Stein. Aber es war Farbe in sein Gesicht zurückgekehrt. Seine Haut wies die Narben von Brokks Todeshieb auf. Ich sackte neben ihm zusammen. Brokk fing mich auf, während Leif mein Haar streichelte. Sie schwiegen, bis ich mich aufsetzte.

»Ist die Hexe weg?«

»Yseult ist gegangen, ja.« Ich berichtete ihnen, was sie gesagt hatte.

»Wir müssen bald von hier fliehen.« Leif setzte sich auf. Er wirkte wieder wie er selbst, abgesehen von der zerrissenen Hose und der rot besudelten Haut.

»Nicht so schnell, Bruder«, mahnte Brokk. »Du musst dich ausruhen.«

»Ich kann reisen«, protestierte Leif, doch Brokk schüttelte den Kopf.

»Ich bin auch ausgelaugt. Ziehen wir uns an ein sicheres Plätzchen zurück, an dem wir die Nacht verbringen können. Außerdem möchte ich etwas Zeit, um die Bindung zu stärken.« Und dabei sah er mich mit Hunger in den Augen an.

»Ah ja, Bruder.« Leif grinste, ließ die Zähne aufblitzen. »Wo können wir uns über Nacht ausruhen?«

»Ich kenne einen Ort.« Mein Blick wanderte über das Wasser zu der kleinen Insel, die aus dem Nebel aufgetaucht war.

DER WEG durch das Wasser war lang und kalt. Wir kamen langsam voran, weil die Krieger ihre Bündel über die Oberfläche halten mussten. Dafür hatten wir kein Blut mehr an uns, als wir das Ufer erreichten. Leif hörte auf, sich über die Kälte zu beklagen, als ich darauf hinwies, wir könnten die Kleidung ausziehen, damit sie schneller trocknete. Brokk und ihm schien die Vorstellung zu gefallen, dass wir zu dritt nackt am Feuer liegen würden.

Auch mir gefiel der Gedanke.

»Sieh sie dir an, Bruder«, murmelte Leif, als die Flammen hoch genug züngelten, um einen goldenen Schein auf das Wasser zu werfen. »Ist sie nicht bezaubernd?«

»Ist sie«, bestätigte Brokk. »Und sie gehört uns.« Er warf einen weiteren Holzklotz ins Feuer und klopfte sich die Hände ab. »Komm her, Weide.«

Der flackernde Schein der Flammen spielte über meine

Brüste und die Pforte meiner Scham, als ich mich den Kriegern näherte. Ich stolzierte auf sie zu, schwang bei jedem Schritt die Hüften, bannte die Blicke der Krieger.

»Verführerin«, brummte Brokk. Sobald ich ihm nah genug kam, packte er mich. Seine rauen Hände legten sich um meine Taille, seine Daumen strichen über die Unterseiten meiner vollen Brüste. Ich wartete, doch er fügte nichts hinzu, sondern senkte den Kopf und stülpte den heißen Mund über meinen aufgerichteten Nippel. Ich krallte die Hände in sein Haar, hielt ihn mir an die Brust gedrückt, während er meine Haut wärmte.

Hast du das gewollt?, flüsterte er in meinem Geist.

»Ja.« Ich seufzte. Mein Kopf sank in den Nacken, als mich seine Zähne leicht ritzten, jedoch nicht tief genug, um mich zum Bluten zu bringen. Seine Lippen linderten das Brennen. Er wiederholte den Vorgang mit dem anderen Busen. Mit wackeligen Knien wankte ich rückwärts gegen eine harte Brust. Leifs Arm schlang sich um meine Taille, als er mich stützte.

»Heute Nacht werden wir Anspruch auf dich erheben.« Seine Zunge berührte mein Ohr, fuhr den empfindlichen Rand nach. *Du wirst uns anflehen, es dir zu besorgen, dich zu behalten, dich niemals gehen zu lassen.*

Ich neigte den Kopf, suchte seine Lippen. Mit einer Hand zog ich Brokk an meinen Busen, mit der anderen fasste ich nach hinten, um Leif zu meinem Mund zu führen. Leifs Härte stieß gegen meinen Hintern und erfüllte meine Scham mit Verlangen.

»Hierher, Weide.« Brokk ließ sich auf die Felle zurückfallen, und ich kletterte auf ihn. Leif folgte mir und kniete sich hinter mich. Wir bewegten uns wie bei einem geschmeidigen Tanz, wogten zusammen, als wären wir nicht drei Körper, sondern einer.

Brokks Finger betasteten meine feuchte, heiße Pforte. Ich verlor keine Zeit und glitt auf seinen langen, dicken Schaft. Dabei biss ich mir auf die Unterlippe und maunzte in der Kehle, als er sich tief in mir einnistete.

»Braves Mädchen.« Leif streichelte meinen Rücken.

Mir fehlten die Worte. Wir brauchten keine. Brokk und ich küssten uns, während Leif meine seidigen Säfte über meine hintere Pforte verteilten. Sein kleiner Finger brachte mich zum Schaudern. Mein Mund klappte auf, als die Empfindungen zu viel wurden. Brokk musterte mich.

»Du wirst uns beide aufnehmen.« Er kniff mich in die Nippel, ich zog die Muskeln um seinen Schaft zusammen.

»Sachte.« Leif stützte mich, schob mich zu Brokk, damit er die Spalte meines Hinterns spreizen konnte. »Sie ist eng«, meinte er zu Brokk.

»Sie wird den Stöpsel öfter tragen müssen, damit sie bereit für uns ist.«

Ich stöhnte.

»Und den Metallgürtel«, fügte Brokk hinzu.

Ich wiegte mich auf seiner Härte und zog die inneren Muskeln zusammen, um ihn von seinem hinterhältigen Plan abzulenken.

»Das gefällt ihr. Versuch nicht, uns weiszumachen, es wäre anders, Weide. Du hast dich gerade über meinen Schaft ergossen.«

»Schieb dich gegen meine Finger«, forderte mich Leif auf. Er drang in mich ein, dehnte meine enge Öffnung, und ich keuchte unter der Flut der Empfindungen. Ich warf den Kopf hin und her. Ich konnte nicht denken, nicht atmen, konnte mich mit dem dicken Prügel in meiner Spalte und Leifs drei Fingern im Hintern nicht bewegen. Als er sie herauszog und durch seinen Schwanz ersetzte, wimmerte ich.

»Ruhig«, redete Brokk besänftigend auf mich ein. »Wir werden dir nicht wehtun.«

Der Atem strömte in einem Stoß aus mir hervor. Leif schob sich in mich. Die zwei Schäfte rieben gegen meine inneren Kanäle und erschufen eine Endlosschleife ekstatischer Empfindungen.

»Bei Odins Nüssen«, entfuhr es Brokk.

»Alles gut, Weide?«, murmelte Leif.

Meine steinharten Nippel pochten gequält, mein gesamtes Wesen pulsierte vor Bereitschaft. Meine Männer füllten mich aus, dennoch wollte ich mehr. »Besorgt ... es ... mir.«

Leif antwortete mit einem Stoß, der mich gegen Brokks Brust schleuderte. Der Krieger legte die Arme um mich, hielt mich fest, während der Rotschopf meinen Hintern nach Belieben mit all dem Feuer und der Leidenschaft rammelte, die in ihm steckten. Brokk stützte mich, beruhigte mich, umklammerte mich.

Ich spürte Fänge an meinem Hals und an meinem Rücken. Zugleich mit dem leichten Schmerz durchzuckte mich Ekstase, eine heftige Explosion, die meinen Körper erschütterte und meine Männer in zusätzliche Wallung versetzte. Beide rasten dem Höhepunkt entgegen, und ihre Lust durchströmte mich über die Bindung. Ich schnappte nach Luft, als ich das Gefühl hatte, zu ertrinken und mich aufzulösen.

Mit Gebrüll füllten sie mich mit ihrem Samen. Die Ekstase schwappte zwischen uns hin und her. Die Bindung glühte heiß, als unsere Höhepunkte wie Blitze durch sie fuhren.

Als wir fertig waren, berührte ich Brokks Lippen und wunderte mich darüber, dass wir überhaupt noch existieren konnten. *War das echt?*

Ja. Er küsste meine Fingerspitzen. *Es ist echt. Und es währt ewig.*

Ich kann dich fühlen, Weide. Leif schmiegte sich an meinen verschwitzten Nacken. *Ich kann sowohl dich als auch Brokk fühlen.*

Brokk lächelte.

Eine zarte Brise kühlte unsere fiebrige Haut. Dann begannen die Männer, die Bindung wieder zu stärken. Und als sie damit fertig waren, schliefen wir unter den Ästen der Weide, die über uns gebeugt stand wie eine Mutter, die über ihr Kind wacht.

KOSTENLOSES BUCH

Hol dir ein kostenloses Exemplar von Gezeugt von den Berserkern und Eine Berserker-Geburt, indem du dich für meinen Newsletter anmeldest.

*Der dritte Teil von Daegans, Brennas und Samuels Geschichte. Lies den ersten Teil in **Verkauft an die Berserker** und den zweiten in **Gepaart mit den Berserkern**. Diese Novelle ist kostenlos, ein Geschenk.*

https://BookHip.com/PKRMGC

DIE BERSERKER-SAGA

Verkauft an die Berserker
Gepaart mit den Berserkern
Entführt von den Berserkern
Übergeben an die Berserker
Gefordert von den Berserkern

DIE FRAUEN DER BERSERKER

Gerettet vom Berserker – Hasel und Knut

Gefangen von den Berserkern – Weide, Leif und Brokk

Verschleppt von den Berserkern – Salbei, Thorbjorn und Rolf

Gebunden an die Berserker – Laurel, Haakon und Ulf

*Berserker-Nachwuchs – die Schwestern Brenna, Sabine, Muriel,
Fleur und ihre Gefährten*

Die Nacht der Berserker – die Geschichte der Hexe Yseult

Eigentum der Berserker – Farn, Dagg und Svein

Gezähmt von den Berserkern – Ampfer, Thorsteinn und Vik

Beherrscht von den Berserkern

EBENFALLS VON LEE SAVINO

Unschuld mit Stasia Black (Eine dunkle Liebesgeschichte)
  Das Erwachen (Unschuld 2)
  Königin der Unterwelt: Eine Dunkle Liebesgeschichte (Unschuld 3)

  Der Soldat, der mich verführt

  Draekons (Drachen im Exil) mit Lili Zander (Eine Sci-Fi Dreierbeziehung Romanze)

  Draekon Gefährtin
  Draekon Feuer
  Draekon Herz
  Draekon Entführung
  Draekon Schicksal
  Tochter der Dragons
  Draekon Fieber
  Draekon Rebellin
  Draekon Festtag

DIE AUTORIN

Lee Savino ist *USA Today*-Bestsellerautorin. Außerdem ist sie Mutter und schokosüchtig. Sie hat eine ganze Reihe von Büchern geschrieben, die alle unter die Rubrik »smexy« Liebesgeschichten fallen. *Smexy* steht dabei für »smart und sexy«.

Sie hofft, dass euch dieses Buch gefallen hat.

Besucht sie unter:
www.leesavino.com

 Erstellt mit Vellum